エマソン詩選

転換期を読む26

ラルフ・ウォルドー・エマソン◆著
小田敦子・武田雅子・野田明・藤田佳子◆訳

未來社

エマソン詩選

目次

第2章　同時代の場面

第3章　風　景

第4章　詩人の仮面

第5章　四行詩と翻訳詩

凡　例

一、本書は、*Poems* (1847) ボストン版初版、*May-Day and Other Pieces* (1867) 初版（「日々」と「植物学者」は初版からそれぞれ一語が修正されている）を底本とした詩選集である。後者から選んだ詩については、原題の後に（*M*）と印すことで各詩の出典を区別した。

二、詩の訳注について、他の詩集の注を参照したものは、文末に以下の略号を付した。

CW　*Poems: A Variorum Edition. The Collected Works of Ralph Waldo Emerson.* Eds. Albert J. von Frank and Thomas Wortham, Vol. IX. Cambridge: The Belknap Press of Harvard University Press, 2011.

N　*Emerson's Prose and Poetry.* Eds. Joel Porte and Saundra Morris. New York and London: W. W. Norton & Company, 2001.

PN　*The Poetry Notebooks of Ralph Waldo Emerson.* Eds. Ralph H. Orth et al. Columbia: University of Missouri Press, 1986.

W　*Poems. The Complete Works of Ralph Waldo Emerson.* Ed. Edward Waldo Emerson. Centenary Edition. Vol. 9. Boston and New York: Houghton, Mifflin and Company, 1904.

三、訳注の中で言及されたその他のエマソンの作品集は以下の通りである。

JMN　*The Journals and Miscellaneous Notebooks of Ralph Waldo Emerson.* 16 vols. Eds. William H. Gilman, Alfred R. Ferguson, George P. Clark, Ronald A. Bosco et al. Cambridge: Harvard University Press, 1960-82.

L　*The Letters of Ralph Waldo Emerson.* 10 vols. Eds. Ralph R. Rusk and Eleanor M. Tilton. New York: Columbia University Press, 1939-95.

四、訳注の［ギ神］、［ロ神］はそれぞれ、「ギリシア神話」、「ローマ神話」を指す。

エマソン詩選

装幀——伊勢功治

二つの川

おまえの夏の声は、マスケタキート(1)よ、
雨の音楽を繰り返す。
しかし、おまえがコンコード平原を流れるとき、
もっと美しい幾多の川が、おまえのなかを、鼓動とともに飛走する。

おまえは両岸の狭い空間に閉じ込められている。
わたしが愛する流れは、狭められることなく進む、
大河を、海を、蒼穹を通って。
光を通り、生命を通って、前方へと流れるのだ。

わたしは満々たる美しい水を見る、
滔々たる流れが
歳月を、人々を、自然を通り、
情熱と思考、力と夢を通って、急ぐのを聞く。

＊ Two Rivers （*M*）

（1） コンコード川のインディアン名。

マスケタキートは、頼もしい小鬼《ゴブリン》、
かわらけや火打石からきらびやかな宝石を作る。
その調べを聞く者は悲しみを忘れ、
それが湾曲するところこそ最高のとき。

かくてわたしの川はますます眩しく前進する――
その水を口にする者は、再び渇くことなし。
いかなる闇も、その遍照を穢すことなく
歳月は雨のごとく川に降り注ぐ。

第1章　身近な自然と言葉

マルハナバチ

逞しい、眠たげなマルハナバチよ、
おまえのいるところこそわたしの国。
みなはプエリト・リコ[1]目指して船出するがいい、
海を越え、熱帯の国を求めて。
わたしはおまえだけについてゆく、
おまえは生きた熱帯！
ジグザグの舵取り、砂漠を陽気にするもの、
おまえのうねる線[2]を追わせてくれ。
わたしをもっと近くにおいて、おまえの聞き手にしてくれ、
茂みや蔓草の上で歌うおまえの。

太陽を愛する虫、
おまえの領土の喜びよ！
大気の水夫、
空気の波を泳いでゆくもの、

＊ The humble-bee
"Humble-bee"は"bumblebee"に同じだが、エマソンはキリスト教において重要な「謙虚な」という言葉を含む前者を選んだ。
　この詩が書かれた一八三七年は大恐慌の年で、エマソン自身も損害を被った（*PN*）。

（1）当時は結核患者の保養地。エマソンの弟エドワードはそこで亡くなった（*N*）。

（2）「線」はハチの飛行だけでなく「詩行」を暗示する。

光と真昼の航海者、
六月の快楽主義者《エピキュリアン》。
待ってくれ、お願いだ、
おまえの羽音の届くところにわたしが行くまで——
それがなければどこだって苦界だ。

南風が五月に
きらめく霞の網で
地平線の壁を銀色にかすませるとき、
そして、やさしくそっとすべてに触れながら、
人間の顔を
ロマンスの色で染めるとき、
そして、かすかな熱を吹き込んで
芝地を一面のスミレに変えるとき、
おまえは一人で陽を浴びつつ
下生えの森をさまよい、
緑の沈黙を
おまえの滑らかなそよ風のような低い羽音でいっぱいにしてしまう。

暑い真夏のお気に入りの婆さんよ、(3)
おまえの眠たげな調べは耳に心地よく、
陽の照る数え切れない時間と
長い日々、花の咲くどっしりした土手のことを物語る。
またインドの荒野で見つかる
果てしない心地よさの深淵のこと、
シリア(4)の平穏、不滅の安逸、
確固たる愉楽、鳥のような喜びのことも。

このわが愛する虫は、不快なものや不潔なものは
決して見たことがない。
眼にするのは、スミレに、ビルベリーの釣鐘状の花、
カエデの樹液に、ラッパズイセン、
マストの半ばに緑の旗を揚げた草、
空と青色を競うサッカリーの花、
甘い角《つの》をもつオダマキ、
香りを放つシダに、キンミズヒキ、
クローバー、虫取りナデシコ、カタクリ、
それにノイバラ、そうした中におまえはいた。

(3) その羽音から、繰言を言う「婆さん」に喩えられているが、全体ではハチを「彼」として描いている。

(4) シリア人は静かな生活を送るとされる。また、旧約聖書において「カナーン」(現在のシリア)は「ミルクと蜂蜜の国」と呼ばれる。

傍らにあるのは彼には見知らぬ荒野原だが、
彼が行けばあたり一面絵になった。

人間の預言者よりはるかに賢い、
黄色の半ズボン姿の哲学者よ！
美しいものだけを見、
おいしいものだけを吸い、
おまえは運命や気苦労をあざ笑い、
殻は捨て、実を取る。[5]
厳しい北西の突風が
海と陸地をはるか遠くまでかつすばやく冷やすとき、
おまえはもう深く眠っている。
悲哀と欠乏にかまわずおまえは眠りのめす。
欠乏と悲哀こそわたしたちを苦しめるものだが、
おまえの眠りはそれらを笑いものにする。

（5）洗礼者ヨハネがイエスに言及した言葉、「また、箕《み》を手に持って、打ち場の麦をふるい分け、麦は倉に納め、からは消えない火で焼き捨てるであろう」（『マタイによる福音書』3章12節、『ルカによる福音書』3章17節）。

ロードーラ（カナダシャクナゲ）

その花はどこで摘んだのとたずねられて

五月、潮風がわたしたちだけしかいない寂しい場所を吹き抜けるころ、
わたしは森でみずみずしいロードーラ(1)の花を見つけた。
湿地の片隅にその葉のない花をいくつも開き、
荒地と緩慢な流れに喜びを与えていた。
紫の花びらがひらひらと、川の淀みに落ちて、
黒い水をその美しさで華やかにした。
ここに紅鳥《カーディナル》が翼を冷やしにやって来て、
その羽の装いを恥じ入らせる花に求愛するかもしれないが。
ロードーラの花よ！　もし世の賢者たちがおまえに
なぜこれほどの魅力を天にも地にも浪費するのかと尋ねたら、
答えるがよい——目がものを見るために作られているとすれば、
「美」はそれ自身が存在の理由なのだと。
おまえはなぜそこにあったのか、おお、バラと競うものよ！

＊ The Rhodora
リンネのような植物分類学ではなく、ゲーテやコールリッジと同じく、人間と自然現象との相互関係を考える博物学に関心があった（PN）。

（1）rhodora（rhodo-）にはギリシャ語で「バラ」の意味がある。葉が出る前に花が咲く。

わたしは問おうなどと決して思わなかったし、知りもしなかった。
ただ、単純な無知から、こう思うのだ、
そこにわたしを来させたと同じその「力」が、おまえを咲かせたと。

寓話

お山とリスがね
けんかをしたよ。
大きい方が小さい方を「気取り屋のチビ」と呼んだら、
リスが言い返した、
「確かに君はとてもでっかい、
でもあらゆるものと天気とが
いっしょに合わさらなけりゃ
一年にならないし
このお空にもならないよ。
だから僕は自分の場所を占めることを
ちっとも恥と思いはしない。
僕が君ほど大きくないとしても、

＊ Fable
エマソンはこの小詩を長篇詩「モナドノック山」のあとにおいた。「お山とリス」という呼び名で子供たちに長く愛された（CW）。

君は僕ほど小さくないし
半分もすばしこくはない。
とても素敵なリスの小道を
君が作るのは認めるけれど
才能はさまざま。皆ちゃんと巧みに配置されているのさ。
僕が森を背負うことはできないとしても
君だって木の実を割ることはできやしない。

先触れの走者

長い間、わたしは幸福な案内人たちのあとをついてきたが、
わたしは決して彼らに追いつけなかった。
彼らは先を歩み、そして一日が始まる前に、
野営地をたたみ、離れ去る。
わたしの感覚は鋭く、わたしの心は若かった、
正しき善意がわたしの筋肉をよく引き締めたが、
彼らの輝く足跡に追いつくには
わたしの速度では役に立たない。

＊ Forerunners
題名はフランシス・ベーコンが『新機関』で新しい哲学を論じるために考えた章題に該当する。

どんどん遠ざかり、彼らの足が急ぎゆくところ
朝は誇らかで甘美なものになる。
彼らは花を撒き散らし、――わたしはその香りを捉える。
あるいは、銀の楽器の音色が
風に美しい旋律の跡を残す、
しかし、わたしは彼らの顔を見ることができなかった。(1)
東の丘の上に、わたしは彼らの煙を見る、
遠くの湖の霧が混じった煙。
わたしは確実に道を歩き続けてきた
多くの旅人に会った。
旅人は、わたしが追う、宴に耽るすばらしい人たちを見ていなかった――
この人たちは旅人が眠っている間に彼らを横切って行ったのだが。
田舎であるいは宮廷で、
この人たちの美しい報告を聞いた人はいた。
いまいるなかでいちばん速い急使でさえ、
行きにしろ帰りにしろ、
この人たちが一時滞在する家に、
いままで一度もたどり着いたことがない。
ときどき彼らはその全速力をゆるめる、

(1) エホヴァの顔を連想させる比喩(『出エジプト記』33章20―23節)。

追いつかれることはないけれども。
眠りのなかでは、彼ら歓声をあげる軍団は近くにいる、——
わたしは調子のよい声を漏れ聞く。
それは森か荒野でのことかもしれない——
気づかれずに、来ては去る。
彼らの野営が近いことを、わたしの精神は
虹のような優美なしるし[2]によって知る。
わたしはそのとき以来、そしてずっとあとでも
彼らの風琴[3]のような笑い声を聞こうと耳を澄ます、
そしてわたしの心のなかに、何日も、
最も粗野な流儀さえ神聖にする平和を保つ。

弁明

一人で林や谷を歩いているからといって
　わたしを不人情で無作法だとは思わないでほしい。
わたしは森の神のところに行って
　人間に伝えるべき言葉をもらってくるのだから。

（2）虹は、神とノアや箱舟にのった生き物との契約のしるしであった（『創世記』9章8—17節）。
（3）［ギ神］風の神アイオロスの名にちなむイオリアン・ハープ（風琴）を指す。ロマン主義の時代に家庭で流行し、多くの詩人が取り上げている。エマソンの詩「五月祭」にも言及がある。

＊ The Apology
パーシー・シェリーの『詩の擁護』（一八四〇）、フィリップ・シドニーの『詩の弁護』（一五九五）など詩人による弁明は、アリストテレス、プラトン、ソクラテスに遡る文学の伝統的なテーマである。

川のそばで腕を組んでいるからといって
　わたしを無精者だと非難しないでほしい。
空に浮かんだ雲はことごとく
　わたしの本に文字を書いているのだから。

わたしが持ってきた花を暇つぶしだと
　責めないでほしい、勤勉な人々よ。
わたしの手にあるアスター[1]はどれも
　なんらかの思いを運んで家路につくのだから。

花のなかに描かれることのない
　神秘などなかった。
鳥が木陰で語ることのない
　秘められた歴史もなかった。

ひとつの収穫をおまえの畠から
　強い牡牛が家に持ち帰った。
また別の作物をおまえの土地が産み、

(1) キク科アスター属の草。

わたしはそれを採り入れひとつの歌にする。

ルビー

彼らは鉱山からルビーをわたしにもってきて、
　それらを日にかざしてみせた。
わたしは言った、エデンの大桶から流れ出る
　ワインの凍った滴だと。

もう一度見た、――それは友達同士にもわからない
　友達の心だとわたしは思った。
それぞれの隣人の生命を暖めるべき潮が
　きらきら輝く石の中に閉じ込められている。

しかし、あの血色のよい雪を解かし、
　魔法をかけられた氷を破り、
愛の緋色の潮をあふれさせる火、――
　その日はいつ昇るのだろう。

＊ Rubies（*M*）
エマソンの超然とした雰囲気はマーガレット・フラーなどエマソンの友人であった女性たちが指摘している。ルビーのイメージはそれを反映している（*CW*）。

シジュウカラ

大胆すぎるということはない、
極寒に対するときには——
自分の生ぬるい血が、雪で埋もれる森を徒渉すれば
凍ると、最近わたしは気づいたので。
どう戦うべきか。我が天晴れな敵は
我が腕一本に対するに、百万を持つ。
東、西と助けを求めたが空しく、
東、西、北、南が敵の陣地だった。
何マイルも先、危険な三マイル先に、わたしの家がある。
そこにゆく者は敵の風を借りなければならない。
生命を求め上へかなたへ！　急げ！——
霜の王はわたしのもたつく歩みを縛り、
わたしの耳に歌いかけ、手はもう石、
血を固まらせ大理石の骨にし、
心の髄にまで触れ、感覚を麻痺させ、

＊ The Titmouse (*M*)
マサチューセッツ州の州鳥。ソローの『ウォールデン』は、この鳥にまつわるエピソードを記している。エマソンは一八六二年冬、死の床にあったソローとその話をし、やがて「恐れに対する解毒剤」のテーマが熟した。この作はエマソンの「ソローへの間接的献辞」と評された（*CW*）。

狭まりゆく塀で命を閉じ込める。
さて、この広い寝床に横たわり眠れば、
時間を守る星たちが見張りをするだろう、
清めの冷たさによって保存処理され。
風は昔ながらの葬送行進曲を歌うだろう、
雪は不名誉な経帷子ではない、
月がおまえの会葬者、そして雲もまた。

そっと、――しかし運命はこの方向を指し示していた、
このような終油の儀式にすばやくやって来るものがあり、
すぐそばで小さな声が囀った、
陽気で礼儀正しく、楽しげな歌声、
、、、、、(1)
チックチカディーディー!
健全なる心と陽気な喉から発する快活な調べ、
まるでこう言うよう、「やあ、こんにちは!
気持よい午後ですね、旅のお方!
ここでお目にかかれてうれしいです、
一月には来る人とて稀なので。」

(1) この鳴き声から、シジュウカラは「黒い帽子のチカディー」とも呼ばれる。

この詩人は、別のところに住んでいるが、
そのもてなしの心に動かされて、
わたしが彼の森の砦を通り過ぎたとき、急ぎ飛んで来た、
その地の羽根ある族の領主にふさわしく、
自分の宮廷の主人役を務めるために。
近くに飛んできて、柔らかい羽根でわたしの手を軽くこすり、
木の枝に跳び、それから低く突進し、
雪の上に小さな印をつけ、
さまざまな体操の技を披露する、
頭を下に、小枝にしがみつき。

ここでこの原子《アトム》は精一杯の息で
巨大な死に挑戦状をたたきつける。
この一片の剛勇はただ戯れのために
灰色のチョッキを着て北風に立ち向かう、
まるでわたしの弱々しい振舞いを恥じ入らせるかのように。
わたしは大声で我が小さな救世主に挨拶した、
「おまえ、可愛い子! ここで何をしている? 何のために?
おまえの小さなラブラドール(2)の森で、

(2) カナダ東北部の半島。ニューファウンドランド島に隣接する。

この大変なときに、小さなサン・サルヴァドール(3)よ！
どんな火がその小さな胸、
そんなにも陽気で、がっしりして、沈着なその胸に燃えるのか。
今後はおまえの縞以外のものは着ないことにしよう。
さまざまな灰色と漆黒があらゆる色合いに勝って輝いている。
おまえの向こう見ずな衣装を真似て、
なぜダイアモンドは黒と灰色ではないのだろうか。
そして断言する、広大な「北」が存在するのは
おまえの美徳を引き出すためだと。
わたしは思う、どんな美徳も大きさに比例しないと。
すべての臆病さの理由は
人が大きくなり過ぎたということ、
そして、勇敢であるためには、
シュジュウカラの寸法に縮まなければならない。

　善意が知性を生み、
わたしは我が鳥の歌の意味を
摑み始めた。――「戸外に暮らせ
大きな森の中、草原の地面の上。

(3) コロンブスが上陸した西インド諸島、バハマ中部の島の名前で、スペイン語で「聖なる救世主」を意味する。

日を浴びて食事をし、日が海に沈むと、
わたしもまた虚《うろ》のある木のねぐらにもぐる。
『夏』が息詰まるような光線でこうした隠れ処《が》を打ちのめすときよりも、
目が見えなくなるほどのつぶての嵐で
雪が作り上げる正午のたそがれの方を好む。
というのも、もし内が頑丈なら、
魂はしっかりと皮膚を武装し難攻不落にすることができるから。
そして外を吹く風でできたわたしの身体は
極寒の霜に挑んだ。」

恩義を受けた喜ばしい思い出を胸に、
わたしは家路につく、さらば、わたしの可愛い子！
ここに再びおまえの巡礼が来るときには、
どっさり種とパン屑を持って来させよう。
疑うなかれ、この地にパンがあるかぎり、
おまえは真っ先に餌をもらうのだ。
こよなく大きい「神の摂理」は
おまえのような心を格別の庇護の下に置き、
自分の必要から強くなった者を助ける、

そして空は陽気な歌がお気に入り。
今後わたしはおまえの金属線の響くような歌[4]を
ミサと寺院が自慢するすべてのものより評価する。
というのも人々はおまえの春の呼び声を
なにか軽薄な翼に言い寄っているのだろうと聞き間違うから。
ハシバミの林から叫ぶ、フィービーと、
そして冬には、チカディーディーと！
昔シーザーは北のゴールで我が恐れ知らぬ鳥を、
聞いたに違いないと思う、
そしてどこかの霜の降りた森でその声がこだまし、
おまえの勇壮な戦いの歌の数々を借りたに違いないと。
そしてわたしは新たな我々の年代記を書き、
よりよい道しるべであったことをおまえに感謝しよう。
わたしは、ここに来たときは夢想だにしなかったが、
恐れの解毒剤を見つけ、
いまやおまえがローマの調性で歌うのを聞く、
勝ち歌[5]を！　来たれり《ヴェニ》、見たり《ヴィディ》、勝てり《ヴィチ》。

（4）ソローはシジュウカラの鳴き声をつねに「金属線の響き」と評していた（CW）。

（5）「勝ち歌」は元来、神々の医者 Pæan（即ちアポロ）に捧げられた歌。ローマ時代には、軍隊の勝利を祝う歌となった。この三語はシーザーがローマの友人に戦勝を報告したときの言葉として有名。

個と全体

野良に出ている、あそこの赤い服を着た百姓[1]は、気づいていない、
丘の頂きからおまえが見おろしているのを。
高台の牧場でもうと啼く牝牛、
遠くに聞こえる、その啼き声は、おまえの耳を魅惑するためではない。
正午に鐘を鳴らす墓守には、
大軍を率いてアルプスの高みを越える偉大なナポレオンが、
馬を止め、その鐘の音を楽しむとは
思いもかけないこと。
同様に、おまえは自分の一生が
隣人の信条にどんな論証を与えたか、知りはしない。
全体が個々のものによって必要とされるのであり、
何ものもそれだけでは、美しくなく、善くもない。
わたしは、天から聞こえる雀の囀りを
夜明けにハンノキの枝で鳴くものと勘違いした。
夕べに雀をその巣ごと持ち帰ってみれば、

＊ Each and All
題名はケンブリッジ・プラトニストやゲーテの著書で知った、クセノファネス由来とされる言葉（CW）。
（1）一八三三年、北イタリアを旅行したときの印象に由来する（CW）。

同じ歌を歌ってくれるのだが、もはやわたしの心を元気づけはしない。
川と空は持ち帰らなかったからだ。——
雀はわたしの耳に歌ってくれ、——川と空がわたしの目に歌っていたのだ。
海辺で見つけた繊細な貝殻、
先ほど被った最後の波の泡が
貝のエナメル質に瑞々しい真珠の光沢を与えた。
そして荒れ狂う海の轟きが
それらが無事わたしの手に逃れたことを祝した。
海藻と泡を拭き取って
わたしは、海で生まれた宝を持ち帰った。
だが、その粗末で見苦しくて不快なものどもは、
その美しさを海辺に忘れてきたのだ、
太陽と砂と荒々しい轟きのあるところに。
青年は優美な恋人が
処女の群れのなかそここ動くのを見守っていたが、
彼女の美の最高の衣装が
そのときも雪白の聖歌隊によって織られていることを知らなかった。
ついに彼女は彼の隠れ家にやって来た
森の世界からわざわざ鳥籠に入る小鳥のように。

すると華麗な魔法は解けて、
優しい妻ではあっても、もはや妖精ではない。(2)
そこでわたしは言った、「わたしは真実を求める。
美とは、未熟な子供時代の錯覚、
そんなものとは、若き日の戯れに任せて、お別れしよう。」——
そう言いながら、足元を見ると、
アスヒカズラが綺麗な花輪を巻いて
ヒカゲノカズラのイガの上に伸びている。
わたしはスミレの息を吸い込んだ。
わたしの周りには樫と樅の大木が立ち
地面には松ぼっくりやどんぐりが。
そして頭上には、遥か、悠久の空が
神々しい光に満ち溢れて。
もう一度この目で見、この耳で聞いた
轟音を立てて流れる川を、朝の小鳥の囀りを。——
美が、五感を通して、わたしの身体に浸透し、
わたしは、完全なる全体に我が身を委ねた。

(2) エマソンは結婚直後、弟チャールズの遺稿を整理していてこの考えに出会いショックを受けた(CW)。

「各々にとって自分のもの」

雨が百姓の一日を台無しにした。
悲しみでわたしは本に手がつかないだろう。
　それによって二日間が失われる。
「自然」は自分のことは自分でする。
わたしはわたし本来の関心事に気をつけよう、
　降っても晴れても霜がおりても。

＊ *Suum Cuique*
題名は、当時、人口に膾炙したラテン語句（CW）。

美への頌歌

だれが与えたのだ、おお美よ、
この胸を開く鍵を――
幸福にして不幸な
このあまりにも信じやすき恋人。――
いったい、過ぎ去った時代のいつの日に

＊ Ode to Beauty

昔のわたしはあなたを知ったのか、
はたまた、いかなる務めに奉仕せんと
わたしは売り渡されたのか。
一目見たとき、
あなたの奴隷になりはてた。
魔法の力で引きつけて
すべてに君臨する美しき暴君！
あなたの泉で
渇きをつのらせる偽りの水を飲んだ。
あなた、親密な見知らぬ人、
真新しく原初の存在であるあなた！
あなたの危険な眼差しは
男を女に変質せしめる。
生まれたばかりでありながらわれわれは再び
自然へと溶け去る。

たっぷりと惜しげもなく約束してくれる人、
神々すらも説き伏せて過ちを犯させんばかり！
無数の色彩豊かな形態を訪れる客人、

それを次々あなたの光輝で暖かく燃え立たせる！
あまりにももろい木の葉、苔むした樹皮、
どんぐりの袴、雨滴の弓形、
ゆらゆら揺れるくもの銀の糸、
ルビーのごときワインの滴、
池底の光る小石、
それらをあなたは
ひとときの戯れで債務証文に取り込み
返済すれば自然は破産してしまいそう。(1)

ああ、何になるのか
「無限なるもの」が
その王位を授与した人から
隠れたり逃げたりしても。
頭上の高き天は
深海の恋人。
太陽と海は
あなたからの知らせに従って、
わたしの前を走りゆき、

(1) 測りがたい愛や美を述べるにさいして、金銭用語を使う文学上の技法がある。

わたしを引き寄せ、
しかもわたしから逃げる、
ちょうど「運命」が、わたしのためにあの人の心を選んでおきながら
それを与えるのを拒否するように。
わたしの豊かな魂は
豊富な全体から調合されたということなのか。
海溝や空の深みが
いくつもの供給品を送り込み、
そしてわたしの素材をなす砂粒のゆえに
自分の素材をあらわにして、海や空に引き寄せられるということなのか。[2]
わたしはサルバトール[3]、グエルチーノ[4]の
立派な絵や
ピラネージ[5]の線描画が入っている
堂々たる書類挟みを繰る。
七弦琴の達人の
高邁な賛歌が聴こえる、
星の楽の音を聴いて
韻律をうまく数えなおしている。
つねにわれわれに若さを見出し、

(2) 自然から創られている身ゆえに、自然の美に抗いがたく引き寄せられる。
(3) イタリアの風景画家、歴史画家(一六一五―七三)。
(4) イタリアの画家(一五九一―一六六六)。
(5) イタリアの銅版画家・建築家(一七二〇―一七七八)。

つねに若さのままに保っておくのに役立つ
「聖なる思念」(6) を
下界で歌にして歌ったオリンピアの詩人さながらに。
しばしば街路や最もみすぼらしい場所で、
わたしははるばるさ迷ってきた美神たちを発見する、
エデンから遠く迷い出て
賤が屋で道を見失ってしまったものたち。(7)

嵐の中に走る稲妻のごとく、
形態の海(8)を滑り行くあなたを、
所有されることなく、
愛撫されることなきあなたを、
いかなる快速の足も見つけ得ず、
いかなる完璧な形態も捉え得ず。
永遠の逃亡者であるあなたは、
生きとし生けるものすべての上に漂い浮かび、
甘美で法外な願望を
すばやく巧みにかきたて、
星のきらめく空間と釣鐘状のゆりの花を

(6) フィヒテの言葉で、カーライルが『衣装哲学』(一八三六)のなかで繰り返し使っている(CW)。

(7) 美が思いがけぬ場所で発見されるという状況は、最終連の三、四行目と関連する。

(8) 「自然界は、根本的に類似ししかも独自性をもった形態の海である」という一節が『自然』にある。

あなたのばらの香りで満たしつつも、
内に潜める神酒《ネクタル》の味を伝える
唇を差し出してくれることはない。

善にして偉大なるものすべてが
あなたとしっかり手を組んで共謀する、
あなたが暗く寂しいものを買収したのは
あなたの容貌こそを伝えるよう仕向けるため、
そして冷たい紫色の朝も
あなたへの想念で身を飾る。
緑深い谷、都会の市場、
いずれ劣らぬあなたの技の記念品。
流れる青い大気にさえ
あなたは手を触れわたしの絶望を引き起こしたのだ。
そしてもしわたしが夢の状態へと衰退していっても、
また情熱の光線に出会うのだ。
万物の女王！　わたしは死ぬ勇気はもてぬ
耳も目も及ばぬ「存在」の深淵の中で。
そこで同じ欺瞞者に出会って、

永遠に「運命」の弄び物になることを怖れるから。
「恐ろしい力」、でも愛しきものよ！　もし「神」であるなら、
わたしをすっかり元に戻せ、さもなくばあなたをわたしに与えよ！

愛にすべてを与えよ

愛にすべてを与えよ。
あなた自身の心に従え。
友人、親類、日々、
財産、名声、
計画、信用、そして詩神《ミューズ》、――
何であれ与えることを拒むな。

愛は勇敢な主人だ。
愛を自由にさせよう。
完全に愛に従い、
希望できる以上のものを希望せよ。
高く、もっと高くへと、

＊ Give All to Love
題名と第一連はイエスの言葉(『マタイによる福音書』10章37節）を変形したもの。エッセイ「自己信頼」では、「霊的精神《ジーニアス》」に対し同様の呼びかけがなされる。

愛は真昼を潜っていく、
疲れを知らない羽で、
意図は黙したまま。
しかし、愛は神であり、
自分の道を知っている、
そして空の開口部(1)を知っている。

愛は卑小な者のためのものではない。
それは頑丈な勇気を必要とする。
疑いを超越した魂、
折れることのない勇敢。
そのような者に愛は報いる。——
彼らはこれまで以上の存在になって
戻って来ることだろう、
そして永遠に上昇し続けるだろう。

愛のためにすべてを捨てよ。
しかし、しかし、わたしの言うことを聞け、
もう一言、あなたの心が必要とした言葉を、

(1) 流動する天上の霊気が地球に通じる出口。「マーリンⅠ」にも同様の表現がみられる。

もう一度、堅固な努力の鼓動を。――
そして、今日も、
明日も、永遠に
あなたをアラブ人のように自由に、
愛する者から自由にしておくのだ。

命がけでその乙女にしがみつけ。
しかし、驚きが、
あなたとは別の喜びの
最初はぼんやりとした推測の影として、
彼女の若い胸をさっとかすめるときには、
彼女を自由に、彼女の幻想から自由にせよ。
あなたは彼女の服の裾を引っ張って引き留めるな。
彼女が、彼女の夏の王冠から放り投げた、
すっかり青ざめたバラをいつまでも持ち続けるな。

あなたは自分自身を愛すると同じくらい彼女を、
自分より純粋な土から生まれた自己として、愛したけれども
彼女が去っていったことは日を曇らせ、

生きとし生けるものから優美さを奪ったけれども、
心から知るべきなのだ、
半神たちがゆくとき、
神々が到着することを。(2)

日々

「時」の娘たる、偽善的な(1)「日々」は
裸足のイスラム修道僧のごとく、布で口を覆い言葉を発せず、
一人ずつ果てしのない列を成して行進し
両手に王冠、薪束を携えてやって来る。
人それぞれに、望みどおりの贈り物を差し出す、
パン、王国、星、そしてそれらすべてを支える天空。
わたしはと言えば、つる草の絡まる庭にいて、その華麗さに見とれ、
朝の願いごとを忘れてしまったから、慌てて
香草とりんごを少し貰った、すると「日」は
踵を返し、無言で立ち去った。時すでに遅く、わたしは見た
いかめしい髪紐の下に浮かんだ、軽蔑の表情を。

(2) 最後の二行は、エッセイ「償い」、詩「レアへ」にも同じ考えが表明されている。「神の愛は決して滅びないが、私たちのものは部分的で、完全なものが来たときには、部分的なものは廃れよう」(『コリント人への手紙Ⅰ』13章8―10節)という一節の影響も考えられる(*CW*)。

＊Days (*M*)
ヘシオドスに倣い「仕事と日々」と題された後期のエッセイでも同様のイメージが使われている。
(1) 手紙のなかで、「天国は日常生活のなかを幾重にも偽装して歩いている」(*L*, II, 342) という趣旨のことを述べており、明示的でないという意味で「偽善的」という言葉を使っている(*PN*)。

第２章　同時代の場面

あなたの目はまだ輝いていた

あなたの目はまだわたしに向かって輝いていた、
遠くわたしは独り陸や海をさまよったけれど。
わたしの方を見ようとはしない
かなたの宵の明星を眺めるとき。

今朝、わたしは霧立ち込める丘にのぼり、
牧草地を歩き回っていた。
行く道にあなたの姿が揺らめいたことよ
深い目をした露の中に！

紅鳥《カーディナル》が黒い羽を広げて
炎色のわき腹を見せたとき。
つぼみがふくらんでバラの花になっていったとき、
どちらにも読み取ったのはあなたの名前。

＊ Thine Eyes Still Shined
最初の妻エレンはエマソンに伴われて何度か転地療法を試みた。一八三〇年のフィラデルフィア行きでは、はじめて別居を経験することになった（CW）。

讃歌

コンコード記念碑の完成式典で歌われた
一八三六年四月一九日

川に弓形にかかる無骨な橋のそばで、
　彼らの旗は四月のそよ風に広がった、
ここにかつて戦闘態勢をとった農民たちが立ち、
　銃声を発した、それは世界じゅうが聞いた。(1)

敵はそれ以来ずっと沈黙して眠った。
　勝者たちも同じく静かに眠る。
そして「時」は朽ちた橋を押し流した、
　這うように海へ向かう暗い流れ(2)にのせて。

この緑の土手に、このゆるやかな流れのそばに、
　わたしたちは今日、願いをこめた石碑を据える。

＊ Hymn
独立戦争はコンコードのノースブリッジ、エマソン家の牧師館のまさに裏庭で始まった。祖父は牧師として従軍中に亡くなった。エマソン未亡人が再婚したエズラ・リプリー牧師は、レキシントンの町との間で、独立戦争の始まりについて論争が起こったため、歴史書を書き、記念碑を建てて、コンコードの位置づけを明確にしようとした（*CW*）。詩は、一八三七年七月四日の式典で、賛美歌（詩篇100）の節にあわせて、参加者全員で歌われた（*PN*）。

（1）この二行は、「コンコード記念碑」と「ミニッツ・マンの像」（一八七五）の両方に引用されている。

（2）コンコード川は、流れの緩やかな黒い川で、周囲の景色を鮮やかに映す。

記憶が彼らの行為をあがなうように、
　わたしたちの父祖と同じく、わたしたちの息子が逝ったときにも。

「霊的精神」、あの英雄たちに死ぬ勇気を与え、
　彼らの子供たちに自由をもたらしたものよ、
わたしたちが彼らとおまえに建てる石柱を
　優しく容赦するよう、「時」と「自然」とに命じてくれ。

問題

わたしは教会が好きだ、被り物つきの僧衣が好きだ。
わたしは魂の預言者を愛する。
そしてわたしの心には僧院の回廊が
美しい調べ、また物思う微笑みのように映る。
しかし彼の信仰により見えるものすべてに替えても
わたしは僧帽を被ったあの僧侶になりたいとは思わない。

自分なら着るのが耐えられない僧服を

＊ The Problem
一八三九年、コンコード教会でフロスト牧師の説教を聴きながら作った。辞職後も教会での説教を続けており、その職に戻る可能性はつねにあったが、結局、一八三九年一月の説教が最後になった（CW）。

彼が着ればなぜ惹きつけられるのか。

自惚れや浅薄な考えで
若きフィディアス(1)はあの畏れ多いジュピター像を作ったのではなかった。
巧妙なだけの口先から
戦慄のデルファイ(2)の神託が下されたことは決してなかった。
自然の核心から
古い聖書の折り返し句(3)は流れ出た。
さまざまな国の人々の連禱(4)は、
火山の炎の舌のように
地下の燃える核心から噴き上がって、——
愛と悲哀の聖歌となった。
聖ペテロ寺院のドームを丸くし、
ローマのキリスト教会の回廊をアーチ型に形作った手(5)は、
悲しいまでの誠実さで仕事をした。
彼は自分を神から解放できなかった。
自分で及びもつかないほど見事に造った——心ある石は美となっていったのだった。

(1) ギリシアの彫刻家(紀元前四八〇?—四三〇)。パルテノン神殿建設の指揮を執った。
(2) パルナッソス山に近くギリシア中央部にある古代都市。アポロの神託はここで下された。
(3) 司祭の唱える言葉に会衆が唱和する祈禱。
(4) 特に聖書からの言葉でできた無韻律の歌。
(5) ミケランジェロへの言及。

君知るや、かなたの森の鳥の巣、
木の葉や自分の胸の羽根からできた巣は何が織ったか。
あるいはいかにして貝は毎年その殻を大きくし、
暁の色を塗った新たな殻を作るかを。
あるいは神聖な松はいかにして
古い葉に新たな幾万の葉を加えてゆくか。
愛と恐怖(6)がタイルを積んでいったかたわらで、
このようにしてこれら聖なるものたちはできあがったのだ。
大地は誇らしげにパルテノン神殿を身に付けている、
自分の腰帯の最上の宝石として。
そして「朝の女神」は急ぎその目蓋を開き、
ピラミッドを眺める。
英国のあちこちの寺院の上に空は身を屈める、
友人に対するごとく血族としてのまなざしで。
というのも、「思想」の内面の世界から、
こうした驚異は上空へと聳え立ったのだから。
そして「自然」は喜んでそれらに場所を与え、
それらを一族に迎え入れた。
そしてアンデス山やアララト山(7)と

(6) 中世の聖堂建築に関して「愛と恐怖が順に石を置いていった」と一八三六年の日記に記している(PN)。

(7) トルコ東部にあり、ノアの方舟が着いた場所とされる。

同じ年齢を授けた。

これらの伽藍は草が茂るように成長した。
技は従えども超えることはないであろう。
この「名匠」は言いなりになって
自分の上にあって事を定めた広大な魂に手を貸した。(8)
そして神殿を建てたその同じ力が
内部で膝まずく種族に跨った。
火の聖霊降臨《ペンテコスト》(9)はいつも
ひとつの炎で無数の群集をくるみ、
聖歌隊の歌で心を恍惚とさせ、
僧の言葉で精神に霊感を与える。
預言者に語られた言葉は
無傷のままの石板(10)に書かれた。
予言者や巫女たちが語った言葉は、
樫の森で、黄金の教会で、
いまもなお朝風に乗って漂い、
いまもなお耳を傾けようとする精神に囁きかける。
「聖霊」の一言を

(8) この二行が、エマソンの墓碑銘となっている。

(9) イエスの弟子たちの下に舌の形をした炎となって精霊が訪れ、自分たちの言葉が聞く者の言語で理解されるという才を授けたとされる(『使徒行伝』2章1―4節)。

(10) モーゼは神から十戒を石板に授かったが、イスラエル人たちが、神の禁を犯して黄金の子牛像を崇拝しているのを見て、怒りのあまりこの石板を叩き割った(『出エジプト記』32章15―19節)。

不注意な俗世でさえ決して見失ったことはない。
昔の賢者たちの言うことがわたしにはわかる——
その「書物」がわたしの前にある、
古代の「クリソストム」(11)も、最善なるアウグスティヌス(12)も、
それから自分の詩行のなかに両者を混ぜた者も、
後代の「黄金の唇」、金鉱を内にもつ者、
宗教界のシェイクスピアたるテイラー(13)も。
彼の言葉はわたしの耳には音楽であり、
わたしは彼の僧衣の好ましい肖像画を見る。
それでいて、彼の信仰により見えるすべてに代えても、
わたしはその善なる僧正になろうとは思わない。

哀悼歌

南風は
生命、陽光、欲望をもたらし、
山にも野にもことごとく
薫り高い息吹を輝かせる。

（11）ギリシアの僧（三四五？—四〇七）で、三九八年にコンスタンティノープル大司教。金持ちや権力者を痛烈に批判した雄弁から、「黄金の唇」を意味するその名をもらう。

（12）初期キリスト教最大の教父（三五四—四三〇）。エマソンは特にプラトン的要素を高く評価していた（*CW*）。

（13）ジェレミー・テイラー（一六一三—六七）は説得力のある文で知られる牧師・文筆家。王政復古のち、主教になった。エマソンは早くから関心を抱き「キリスト教徒になったプラトン」と称えた（*CW*）。

＊Threnody
一八四二年、猩紅熱のため五歳で急死した息子ウォルドーのための追悼歌。四〇年経って死の間際にもエマソンは「おお、あの美しい子」とつぶやいたといわれる（*N*）。原題はギリシア語で合唱で詠う「挽歌」。一九世紀を代表す

しかし、死者には風とて力及ばず、
失くした者を、失くした者を、取り戻せはしない。
そして丘を眺めつつ、わたしは悼む、
帰らぬいとしき者を。

わたしの空っぽの家を見、
わたしの木々がその枝を修復するのを見る。
そしてあの子、かの驚くべき子どもは
銀の奔放な歌をもち、
この蒼穹の中にある
どの息づく音にも勝った。――
かのヒアシンス(1)なる少年のためにこそ
朝は明けもし、四月は花開いたのだ。――
かの優雅なる少年は
自分が生まれ落ちた世界に光を添え、
そのかんばせにより
愛溢れる「日」の好意に報いたのだ。
その子は「日」の眼から消えてしまい、
遠く広く「日」が探しても見つからない。

る挽歌と言えよう。

(1)［ギ神］ヒアシンスはアポロに愛された青年で、嫉妬深い西風の神ゼフロスに殺害されたあと、その血からアポロがヒアシンスの花を咲かせた。
　ヒアシンスは、春に栄えるが夏の容赦ない太陽に殺される植物の象徴となった。ヒアシンス祭りは早世を悼み、その後の再生を祝う。コンコードのスリーピィ・ホロウ墓地のウォルドーの墓碑銘には、墓石の上方にヒアシンスの花が彫られている(N)。

わたしの希望は追うが、彼を縛ることができない。
この日、南風は戻り捜し求める。
そして若松と芽吹く樺を見つけはするものの、
芽吹く若者を見つけはしない。
いったん彼を失った「自然」は、再び造ることなどできはしない。
「運命」は彼を手放したのだ、「運命」は彼を取り戻せはしない。
「自然」、「運命」、そして「人」は彼を探すが虚しい。

いまはどこに、ここにはいない賢く優しい我が子よ、
おお、どこにおまえの足は向いているのか。
数日前わたしには権利があった、
おまえの歩みを見、おまえの居場所を知るという権利が。
いかにしてその権利を奪われてしまったのか。
おまえは新しい喜びのうちにわたしのことを忘れてしまったのか。
わたしは家の中でのおまえの元気な声が聞こえはせぬかと耳を澄ます。
おお雄弁な子よ！
その声はおまえにふさわしい使者で、
優しくおまえの意味することを伝えた。
その声が話した痛みや喜びは

その子の年や知識に
ふさわしい玩具ではあるが、
かくも優しく賢く重大な
その可愛い要求を聞いて、
美しい婦人やひげを生やした男性が
その子の命令に喜んで身を屈した。
世間のことなど過ぎ行くままに任せ、
しばしその子と真心込めてゲームをし、
籐の手押し車の枠を直した、
なんとかその愛くるしい声を再び聞かんものと
つねにその耳をそばだてながら。
なぜなら、この子の唇が発する言葉は
説得と言うべきものだったから。

優しい保護者たちは穏やかに
この子の幼い希望や鷹揚なふるまいに注目した。
この子の教え導く眼差しから忠告を読み取り
この知恵をこの世に役立つものとした。
ああ、虚しく、わたしのこの眼は

日々の祭りとも言える、学校への行進を思い出す、
毎朝学校に行進する姿を見つめて
わたしの胸は熱くなったのだった。
赤ん坊は柳の乳母車の中におさまり、
眼をくるくるさせ顔は落ち着き払っていた。
前に後ろに子どもたちがいて、
一心に身をかがめるキューピッドさながら。
そして我が子は大将でそのそばを歩み、
仲間の隊の中心で、
仮想の敵から赤ん坊を守らんと
安らかに落ち着いた明るく輝く顔。
この小さな無邪気な隊長は
道々注意の眼を向けた。
村の長老はことごとく目を留め
この可愛い隊商に話しかけた。
窓からわたしは外を見やり
おまえの見事なパレードに目を留める。
帽子とコートに身を包み
妖精の演奏する曲に合わせて堂々と行進する。

おまえだけに聞こえる音楽が
この仕事と同じくらい気高い仕事へとおまえを導いた。

いまや「愛」と「誇り」は、悲しいかな、虚しく
上へ下へと懸命に凝らした目を動かす。
彩色した橇は昔のままに立てかけてある。
積まれた薪のそばの犬小屋、
雪がもし降ったら、雪の塔の壁を固めようと
あの子が集めた棒切れ。
砂の中に掘ったこわい穴、
そして実際に作ったりまた計画倒れに終わった子どものころのお城。
あの子が日々訪れた場所をわたしはよく知っている——
鶏のいる裏庭、小屋、納屋、——
あのいとしい足が歩き回った
庭の敷地の隅から隅までも、
道端から、
あの子が覗き込むのが好きだった小川に至るまで。
小鳥たちは以前歩き回っていたところをおずおずと歩む。
冬の庭はなんの変わりもない。

小川は流れへと注ぎ込む。
それなのにあの深い眼差しの少年は逝ってしまった。

あの翳りの日、
嵐のときよりももっと多くの雲で暗く、
おまえがその罪なき息を
小鳥のように胸を上下させているうちに死に譲り渡したとき、
夜が来た、そして「自然」にはおまえがいなかった。
わたしは言った、「我々は悲嘆のうちに友だ。」
朝は要りもしない輝きで明け染めた。
ユキホオジロはことごとく囀り、鶏はことごとく時を告げねばならなかった。
皆は足音高く歩き始めた。しかし、
人間の若者のうちで最も美しくいとしいあの足は
丘と庭を去ってしまった。――
固く閉じられたまま動かなかった。
四季がかまわず、
生命の潮と繁殖が関わらないような、
そうしたスズメもミソサザイも一羽もいないし、
秋の穀草の一葉もありはしない。

そしてどの鳥のどの子も、
そしてどの雑草も岩苔も優先される。
おおダチョウのごとき忘れっぽさよ！
おお小さなものが重んじられている間に大きなものが失くなった！
この子を守る星は送られなかったのか、
大空に見張り番は、
水晶の浜辺をぶらぶら歩く
無数の群れのなかに天使はいなかったのか。
あのたった一人の子、
「自然」の汚れなきいとしい驚異の子を癒すために身を屈め、
自然のすべての収穫の価値さえ顔色を失わしめる
地上のあの花をとどめておくことのできる天使はいなかったのか。
わたしのものではない。――わたしはおまえをわたしのものと呼んだことはなかった。
「自然」の跡取りと呼んだ。――もしわたしが不平を言うとしたら、
そしてわたしの造ったものでなくわたしの愛したものが
性急に引き裂かれ動かされたのを見て、
おまえは「自然」の浪費にならざるをえなかったという悲しみで、
早くも年老いてしまったとしたら――

それは皆の希望の火が消され、
すべての者は疑い手探りせざるをえないからだ。
というのもお世辞を言う惑星たちがこう言っているようにみえたから。
この子はすばらしい舌と神に導かれたペンで
長年にわたる不幸をくい止め、
逃げていってしまった詩神《ミューズ》を人間に呼び戻すべき者だと。
おそらくはその子ではなく「自然」が苦しみ、
その幼児ではなく世界が衰弱したのだ。
世界はそれほどすばらしい血統の天才を
支えられるほどには円熟していなかった。
その天才はあたかも自分自身を見るかのように
太陽と月を眺め、
そして、さらに偉大な思想を抱き、
古い秩序を疑わしいものにした。
彼の美しさがかつてそれらの美しさを試し、
それらは彼に食べさせることができず、彼は死に、
そしてまるで軽蔑するかのように後退しさまよった、
生まれるのを十億年待つために。
この美を用なきものにし

誓いを破り、この高貴な顔を消し去った不運な日！
死者のそばを行きつ戻りつする者あり、
慰めの書を読む者あり。
友に死の知らせを告げた者あり。
書きに行く者あり、祈りに行く者あり。
ここでとどまる人、かしこでは急ぐ人。
しかし彼らの心は誰ともなじまなかった。
貪欲な死はわたしたちすべてから奪い、
ひとつの葬儀を壮大なものにした。
おまえを運び去ることに熱心な運命は
わたしのいちばん大きな部分を奪ったのだ。
というのもこの喪失は真の死だからだ。
これは王者たる男の崩御、
これは彼のゆっくりとではあるが確実な崩落、
星ひとつまたひとつ彼の世界を諦めていく。

おお極楽の子よ、
その父の家をいとしいものにした息子よ
その深い目のなかに

人々は来たるべきときの安穏を読んだ。
わたしはあまりにも多くを奪われてしまった。
おまえはこの世を不名誉なものにしてしまった。
おお真実と自然の高くつく嘘！
おお信じられ破られた予言！
おお苦々しくも奪われた最高に豊かな財産！
未来のために生まれ、未来にとっては失われてしまった！

深い「心」は答えた、「おまえは泣いているのか。
もしわたしが子どもを取らなかったとしても
激しい感情にはもっと価値のある理由があるだろうに。
そしておまえは、年取った目で
すぐ前を穴の開くほど見つめる者と同じように考えるのか、――
『美』が事物の浜から消え去り
おまえのいとし子が失われたと思うのか。
彼はおまえに――年取ったおまえに教えなかったか
おまえの目は彼の目のなかに
天の数多の階層が
神から人への神秘の深淵の橋渡しをするのを見たと。(2)

(2) ヤコブは天使たちが天国からの階段を上り下りしている夢を見た(『創世記』28章12節)。

おまえは一人になろうとするのか
山なす恋人たちがおまえを囲い込もうというのに。
明日、『自然』のカーニヴァルを飾る
仮面が落ちるとき、
溢れる愛に満たされる運命にある純なものは、
自分自身の意志で知るであろう、
運命によって結びつけられたものを分かつのは
運命の力の及ぶところではないと。
しかしおまえ、わたしの信者よ、泣いているのか。
わたしはおまえに視力を与えた――それはいまどこにあるのか。
わたしはおまえの心に
儀式、聖書、言葉も及ばぬものを教えた。
おまえの精神の透明な銘板に、
伝ええないものまで書き込んだ。
太陽を越えた輝きに照らされた
おまえのしるしをことごとく掲げるように教えた。
言語を超越し、信心を超越し、
悲しみの冒瀆を超越する、
『自然』の心の神秘。

そしてどの詩神《ミューズ》もその神秘を伝えることはできないが、
『自然』の鼓動する胸に合わせておまえの胸を鼓動させよ、
そうすれば東から西まですべては明らかになる。

「わたしはおまえのもとに友達に対するようにやってきた。
いとしいものよ、おまえにわたしは
教師を送ったのでなく、喜びに溢れた目を、
空にふさわしい無邪気さを、
美しい髪の房を、すばらしい姿を
森の雷鳴のように豊かな笑いを送った、
おまえがすべての技の豊かな開花を
それぞれ心に抱けるようにと。
そして、すべてを愛するあの偉大な『日』が
最も小さな部屋を通って進むように、
おまえが日々の糧を
預言者、救世主、首長と分け食すようにと。
おまえが自分のものとして
いとしいマリアの息子、
少年ラビ、イスラエルの鑑(3)の豊かさをいとおしむようにと。

(3) 少年イエスはエルサレムの宮に居残り、教師たちの話を聞いたり質問したりした(『ルカによる福音書』、2章41節以下)。

そしておまえはこのような客人が
おまえの玄関に休息するだろうと思ったのか。
猛進する生命が自分の法律を忘れ、
運命の燃える革命が休むとでも。
高度な前兆はより神的な推察を要求するのであり、
飽き飽きするほど吟味されるべきではない。
そしてわたしのより高度な恵みが
肉体をもつ精神を縛る帯を解き放つのを知れ。
乏しい浜が
『思考』の水の危険な渦巻で満ちるとき、
か弱い『自然』がもう役にたたなくなったとき、
そのときこそ『精神』が時を打つ。
我が従者たる『死』は、解決の儀式でもって、
無限に有限を注ぎ込む。

「おまえは愛の潮の流れを凍らすというのか、
その川は自然を通って旋回してゆくというのに。
自由奔放な星を
半分登った黄道帯の道筋に釘づけするというのか。

光は輝いてこそ光、
血は流れてこそ血、
生命は生み出してこそ生命、
そして数多く見える生命はひとつのもの、――
おまえはそれを変えて無にしようというのか。
その前進力をあまりに堅く
姿に、骨に、輪郭に閉じ込めてしまうというのか。
おまえは呼ばれもしないのに尋ねようというのか、
答えない『運命』に対して、お喋りめ。
個人の魂のなかをのぼる
すべてにおける霊的精神《ジーニアス》が、
運命の時間を自己告知しているゆえに、
魂にいつ行き来るべきかを合図するのをおまえは見ないだろうか。
ひと季節だけもつようにと魔法のように建てられた
魂の奥まった神殿は美しい。
慈悲深い愛の傑作
あの拡大する理性は、それより美しい、
そしてそれはその理性の前兆であり、しるしなのだ。
虹が教えること、そして夕焼けが見せるものをおまえの心を開いて知りたくないか。
人間の運命の次第に長くなる巻物から
集まる評決、
大地に返る大地の声、
内に燃える聖人たちの祈り、——
それらが言うには、『優れたものは、
神が生きているかぎり、永遠である。
心は塵でも、心の愛は残り、
心の愛は再びおまえに会うことになる。』
創造主を敬え、おまえの目を
彼のやり方と空の作法に合わせよ。
鉄石や黄金で
彼は硬直した冷たい天を打ち建てたのではなく、
いや、しなる葦の束、
花咲く草そして香り高い雑草でできた天だ。
また旅人の次々移動していくテントや
荒れる海の上でかしぐ舳先のように、
涙と聖なる炎、
そして目的に届こうとする徳でできたもの。

促進と追求でできたもの、
費やした行ないではなく、いま行なっていることによりできたもの。
すばやい『主』は
なお修復中の壊れた組織を音もなく突進する。
あまねく種を撒き、荒れた空き地を祝福し、
荒野にさまざまな世界を植えつける。
昔の悲しみの涙で水をやり、
エデンのりんごは明日熟す。(4)
家も住人も大地に戻り、
神のなかで失われたものは、神の精神のなかで見つかるのだ。」

枯れ病

真実をわたしに与えよ、
わたしは表面的なものに倦み疲れ、
栄養失調で死ぬから。もし、わたしが
森のさまざまな香草や薬草だけを、
ヘンルーダ、キジムシロ、地を這うツタ、クマツヅラ、キンミズヒキ

（4）聖書のエデンの園の禁断の実も、明日には、全体的な計画の一部であることがわかるであろうの意。

＊ Blight
当時の風潮を評して、一八四六年の日記に「私は天の川の濃い星雲のなかで生まれたと思う。また、アメリカの荒廃（枯れ病）、イギリスの狭量、ドイツの欠陥とフランスの表層重視が時代からすべての価値を奪ったとも思う」と記している（CW）。

青ソラマメ、そして延齢草、ヤナギタンポポ、サッサフラス[1]、
トウワタ、大シダ、風変わりなウマノスズクサ、モウセンゴケや、
薬効のある珍しい根だけを知っているのならよいのだが。森の中で、
それらは共有の大地から、語られることも知られることもなく、
秘密の汁を引き出している。そして、わたしは必ず
その香りを認め、その不思議な力を
甘美な類似によって人間の肉体に応用し、
敵を追い散らし、友人関係を築くことができるなら、――
おお、そんなふうであればよいのだが。そして、わたしが
その円満な日の一部であり、太陽と植物の世界とに
関係づけられていて、彼らの不完全な機能を
十全に行使してやる者になれればよいのだが[2]。
しかし、ここにいる若い学者たちは、わたしたちの丘に侵入し、
木を切り倒す技師[3]と同じくらい大胆で、
しばしば技師が作る森の通り抜け道を旅するが、
彼らが手折る花を愛することも、知ることもなく、
彼らの植物学はすべてラテン語の学名だ。
古老たちは花々のなかで魔法を研究し、
人間の運命を天文学で、

（1）米国産クスノキ科の木

（2）自然は人間によってシンボルとして使われることで存在を全うでき、それが詩人の仕事であるというエマソンの考え方を示している。

（3）当時コンコード周辺は、鉄道敷設に沸いていた。

全能を錬金術[4]で研究し、
名前よりも物を好んだ、それは彼らが人間であり、
ひとつに結ばれた世界の一神論者《ユニテリアン》[5]であったからだ、
彼らの澄み切った目の光が落ちるところどこにでも、
彼らは「同一[6]」の足跡を捉えた。わたしたちの目は
知識で武装しているが、わたしたちは星々にとって異邦人であり、
神秘的な獣や鳥にとって異邦人であり、
植物にとっても、鉱物にとっても異邦人だ。
傷つけられた自然は言うのだ、「わたしたちの中に入るな」と。
そして夜と昼も、海と大陸も、
火、植物、そして鉱物も言う、「わたしたちの中に入るな」
そして横柄にわたしたちの睨みに睨みを返すのだ。
というのは、わたしたちは不遜にも利益のために彼らを侵略しているからだ。
不信心からわたしたちは彼らを荒廃させ、
冷淡に彼らのスープを求め、愛は求めない。
それゆえ、彼らはわたしたちを押しやり遠ざけ、わたしたちの
苦しい労働に支払われるべきものだけをわたしたちに与える。
しかし、甘美で豊かな愛と歌の流入、
人と大地の、愛される世界と愛する者の

（4）変化を起こす化学は、神的な創造力と同一視されている。

（5）一八四六年の日記のなかでケプラーをこう呼んだ（CW）。

（6）クセノファネスが考えたひとつの球体の世界としての神への言及。「クセノファネス」（一九九頁）参照。

神聖な同意の豊かな結実である、
神々の美酒《ネクタル》や佳肴《アンブロシア》は引っ込められたままだ。
略奪品と奴隷のただなかにいるわたしたち、宇宙の泥棒であり
海賊であるわたしたちは、日ごと、より薄いより外側の表皮へと締め出され、
青白くなり、餓死する。それゆえ、わたしたちの病んだ目には、
成長を妨げられた木は病気のようにみえ、夏は短く、
雲は太陽を陰らせ、その太陽はわたしたちの干草を褐色にすることもなく、
なにひとつ、力強く成長して、自然な寿命に達するものはない(7)。
そしてもし、生命がその尊敬すべき長さを刈り取られてしまうなら、
最大の空間に広がっていたとしても、その生命は敗北だ。
自分は騙されたと怒って死ぬことになる。
そして生命は、その最も高い真昼と繁茂の状態においても、
早くもつましく、乞食の子供のよう。
醜い計算を教えられて、
野心の最善の目的や賞品を熱烈に追求しているときにさえ、
生命はその手を止める、
アルプスの大滝が、飛び跳ねたまま凍るように、
玩具(8)の購入と生命の長さとの
けちくさい比較に凍えて。

（7）一年余前に五歳で亡くなった息子も念頭にあるかもしれない。

（8）エマソンやソローは、世俗的な営みをしばしば「玩具」に喩える。

訪問

「どのくらいいてもよいですか」とたずねるのですか、
一日を台無しにする人よ！
知りなさい、物体や関係、
自然全体の働きは
単位と限界と度量法とをもつことを。
新しい合成物は
生産物だが繰り返し――
以前に見つかったものから生産される。
しかし、訪問の単位、
賢者の出会いは――
さて、目が合うという以外に
量りようがあろうか。
目のさまざまな経路を通して
自然は自然のなかにどんどん流れ入る。
視線の光に乗って

＊ The Visit
冷淡だと批判されることもあるエマソンの、社交に対する鋭い警句が活きる風俗喜劇的な詩。

　友人キャロライン・スタージスがエマソン宅に一週間滞在した間に書かれたが、この滞在自体は楽しいものだったとエマソンは記している（*PN*）。

波または竜巻が進むよりもはるかに速く
あるいは、人に役立つために、また喜びのために
心は心にその意味するところを見せ
その長い経験を要約し
知を伝える。
一目見ることが胸の内を吐露し、
一瞬が長い年月を告白した。
ちらと見交わす時間が
作法にかなった時間だ、
そして、話題が教会であろうと国であろうと
その時間のつましい倍数。
疾走する土星は止まることができない
ぐずぐず居残れば、――あなたはその間違いを後悔することになる。
もし「愛」がその瞬間を越えた長居をすると
「憎悪」のすばやい撃退が始まる。

世界霊魂

朝の光に感謝を、
　泡立つ海に感謝を、
ニューハンプシャーの山岳地帯と
　緑の髪なす自由の森に感謝を。
勇気ある個々人、
　聖なる精神をもつ乙女たちに感謝を。
勝負を恐れず、
　決して後ろを振り返ることのない少年に感謝を。

誇り高いホテルの並ぶ都市、
　豊かで偉大な人々が住む家々よ、
悪徳はあなた方の部屋に、
　スレート葺きの屋根の下に巣をつくる。
時間と空間を征服する蒸気エンジン(1)も
　愚かさは征服できない。

＊ The World-Soul
原題は *Anima mundi* を英訳したもの。世界霊魂の概念は、プラトンによって導入され、ネオプラトニズムにおいても、物質が先行する霊に依存することを説明するために使われた（CW）。エマソンが「ジーニアス・霊的精神」と呼ぶものもそれに当たる。

（1）アメリカで最初の鉄道は一八三〇年に営業を始め、空前の敷設ラッシュが続く。アメリカ人モールスが考え出した電報は、一八四四年に実験線がワシントン・ボルティモア間に開通した。

そして光よりも早い電信も
　その光線で運ぶものはなにもない。

政治は低劣だ。
　文芸は心を励ますものではない。
明晰に話す声は、
　歴史のはるか深みに沈む。
商業と街路がわたしたちを罠で捕え、
　わたしたちの肉体は弱く疲れている、
わたしたちは互いに陰謀を企て堕落させ
　まだ生まれぬ者から奪い取る。

しかし、その悪徳の客間には
　高貴な装いの人が座る――
見知らぬ客人の形をしたわたしたちの天使、
　あるいは女性の懇願する目。
あるいは、窓ガラスのところで
　きらりと光るただの太陽光線。
あるいは、「音楽」が人間に

その美しい軽蔑[2]を注ぎかけるのだ。

必ず訪れる朝は
　地下室にいる者たちであろうとも見つける。
そしてすべてを愛する「自然」は
　工場でも微笑むということを確信せよ。
遠くの風景の紫色の峰、
　壁と壁との間の遠くの空は、
わずかな間隙に、
　隠れた驚異をすべて貯蔵している。

ああ！　わたしたちにとりつく「妖精」が
　わたしたちの向こう見ずな欲望を欺くのだ。
それは栄光の神々のことをささやいて、
　わたしたちをぬかるみに放置する。
わたしたちの細胞に書きつけられた暗号を
　わたしたちは解くことはできない。
決して判読できなかった神秘で
　星はわたしたちを助けているのだ。

(2) 山に木霊するホルンの音について、「高慢なまでに美しい」(『エッセイ第二集』中の「自然」)と描写している。

もし、たった一人の英雄でもそれを知ったなら、
　世界は真っ赤になって恥じ入るだろう。
賢者は、その秘密を突き止めるまで、
　恥じて頭を垂れているだろう。
しかしわたしたちの兄弟はいままでそれを読んだことがない、
　その鍵を見つけた者もいない。
そしてそれゆえわたしたちは慰められている――
　わたしたちは彼らと同じようなものなのだからと。

それでも、それでもなお、その秘密は圧迫してくる、
　近づいてくる雲が低くたれこめてくるように。
深紅の朝は燃え上がり
　気取った街を包む。
怠惰な地球の内に、外に、
　星々は永遠の輪を織る。
太陽自身は心から輝き、
　彼がもたらす喜びを分け与える。

そしてもし、「商業」が、海辺の貝殻のように、
　都市の種を蒔くならば、どうなるのか、
広大な大草原に町の屋根を葺き、
　そこに鉄道が敷かれるならば。――
町は、「思考」というすべての原因となる流れに沿って
　航海していく泡の鐘にすぎない、
そしてその形と太陽の色とを、
　夢を送り出す者から取るのだ。

というのは、「運命」(3) は舵輪を
　人間に譲りたくないからだ。
自分の考えを、隠れた神経を通して、
　物質界の隅々にまですばやく伝えるのだ。
忍耐強いダイモン(4) は
　バラと屍衣とを持ってすわっている。
彼には彼のやり方があり、彼の贈り物を取引する――
　しかしわたしたちのやり方は許されていない。
彼は無作法者でも軽率な者でもない、

(3) エマソンは運命を自然の抑制的な一面を示す力と見ている。以下のダイモンは「運命」の化身であり、ジーニアスのひとつの表現形態と考えられている。
(4) [ギ神] 半神半人の土地・人の守護神。

そして彼の代理はいない――
弱さのない愛――
「霊的精神《ジーニアス》」の父で息子。
そして彼の意志は邪魔されることはない。
海と陸の種子は
彼の輝かしい身体の原子であり、
彼の命令に従う。

彼は召使に仕え、
勇敢な者を全力で愛する。
彼は不具者や病人を殺し、
すぐさまもう一度始める。(5)
というのは、神々は神々を喜び、
弱いものを横へ押しやるからだ。
神々の愛を軽蔑する者に、
彼らの腕はさっと広く開かれる。
旧世界が不毛で、
時代が退廃的なとき、

(5)「自然の改良」への言及は、初期の進化思想の表われと考えられる。

彼は残骸と澱から
　より美しい世界を完成する。
彼は絶望することを禁じる。
　彼の頬は歓喜で赤らむ。
そして想像されたこともない人間の善が
　誕生の瞬間を迎えようとしている。

春は精神に春をもたらす、
　六〇歳の年が数えられるときでもなお。
愛は新たにこの鼓動する心臓を目覚めさせ、
　わたしたちは老いることがない。
冬の氷河の上に、
　夏が輝くのをわたしは見る、
そして、荒々しく積まれた雪の吹き溜まりの下に、
　暖かなバラのつぼみを。(6)

(6) エマソンは六九歳の誕生日直後の日記に、「もし私がもう一年生きるとしたら、私の詩『世界霊魂』のこの最終連を引用すると思う」と書いている (CW)。

ハマトレイヤ

ミノット、リー、ウィラード、ホスマー、メリアム、フリント(1)、
彼らは土地を所有していた、自分の労働に
干し草、とうもろこし、ジャガイモ、大麻、亜麻、りんご、羊毛、材木
　で報いてくれる土地を。
地主の誰もが自分の農場を歩き回って言っていた、
「これはわたしのもの、子供たちのもの、わたしの名前のもの。
わが木々の間を吹き抜ける西風のなんと快い響き！
わが丘を昇り行く木々の影のなんという優美さ！
清らかな流れとショウブの葉はわたしを見知っているようだ、
わたしの犬が知っているように。われわれは心を通わせる。
そして断言するが、わたしの動きひとつひとつには土の香りが染み込んでいる
　のだ。」
彼らはいまどこに。所有地の下に眠っているのだ。
そしていまは別の者、彼らと同じぐらい愚かな者が、畝作りをする。
大地は花の笑みを浮かべる、得意げな息子たちが

＊ Hamatreya
紀元前五〇〇年に書かれたヒンドゥー教の書『ヴィシュヌ・プラーナ』の思想が本詩の核心をなしている。タイトルは、その登場人物「マイトレイヤ」に、ギリシャ・ローマ神話の森のニンフ「ハマドリュアス」を重ねたもの（N）。この書の大地の詠唱の部分を要約して、「大地の歌」とした（N）。
（1）これらの六つの苗字はすべてコンコードの著名な初期入植者名。これらの家系はエマソンの時代にもまだほぼすべて子孫が存続していた（N）。

大地を、自分のものでもない大地を自慢しているのを見て。
彼らは鋤を進めていくが、自分の足を墓から
遠ざけることはできないのを見て。
彼らは谷に尾根を、池に小川をと付け加え、
さらに領地に隣接するすべての土地に焦がれる。
「ここはわたしの牧草地に、あそこは大庭園に適している。
粘土、石灰、砂利、花崗岩の岩棚が必要だ、
泥炭を採りに行く霧深い低地も。
豊かな土地――南の方へ美しく広がっている。
海の向こうに渡って戻ってきたとき、
出発したときのままに何エーカーもの土地がどっしりと
待ち受けているのを見るのは幸せなこと。」
ああ！　野望に燃える地主には「死」が見えていない、
それはもうひとつの盛り土として彼を土地に付け加える存在。
聴け、大地の歌を。――

「大地の歌」

「わたしのものでおまえのもの。

わたしのもの、おまえのものではなく。
大地は永続する。
星は残る――
昔ながらの海に輝き映える。
浜辺は昔のまま。
だが昔のままの人間などどこにいよう。
多くのものを見てきたわたしだが
そのようなものはついぞ見かけなかった。

「弁護士の証書は
効力を発揮した、確実に届いた
相続人限定で。
彼らに対して、そしてそのあとを継ぐ
相続人に対して、
間違いなく
永久に。

「土地がある、
森で覆われて

昔ながらの谷や、
丘、そして川も備えた土地が。
だが相続者たちはどこだ。
川の泡のように消えうせた——
弁護士も、法律も、
そして王国すら、
跡形もなくここからかき消された。

「彼らはわたしを自分らのものと呼んだ、
そのようにわたしを支配した。
しかし誰もが
留まることを熱望したが、去ってしまった。
どうしてわたしが彼らのものであろうか、
彼らがわたしを保持することなどできず、
わたしが彼らを保持しているのであれば。」

「大地」の歌を聴いたとき、
わたしはもはや勇ましくはなかった。
わたしの貪欲は鎮められた、

墓場の冷気に遭った欲望のように。

W・H・チャニングに贈る頌歌

悪い時代にあって唯一人の愛国者を
悲しませるのは嫌なのだが、
わたしは聖職者たちのうわべだけの言葉
あるいは政治家たちの大言壮語のために
わたしの蜜の詰まった考えを
放り出すことはできない。

もしわたしが彼らの、
せいぜいがごまかしである策略のために
わたしの研究を捨てれば、
怒った詩神《ミューズ》は
わたしの脳に混乱をもたらす。

しかし、人類の文化について

＊ Ode, Inscribed to W. H. Channing
ウィリアム・ヘンリー・チャニング（一八一〇―八四）は有名なユニテリアンの指導者、W・E・チャニングの甥で、彼自身もユニテリアンの牧師。社会改革者、超越主義クラブの仲間。一八四六年、セイラムの奴隷制廃止論者である牧師トーレーの葬儀で、チャニングの憤怒に満ちた追悼演説を聞いたことが詩作のきっかけとなった（M）。

よりよい芸術や人生について
ぺちゃくちゃ喋るのは誰だ。
行け、メナシトカゲ、行って
有名な合衆国が
ライフルと短剣で
メキシコを苦しめているのを見よ。(1)

また、より大胆な強勢《アクセント》をつけて、
自由を愛する山人よ、とよくもまあ賞賛するのは誰だ。
わたしはおまえのそばに、おお、流れの速いコントゥークック川(2)よ、
そしてアジオチューク山よ、おまえの谷間に、
奴隷所有者のお先棒担ぎたちを見出す。

ニューハンプシャーを作った神は
高き土地を
小さな人間たち(3)を置くことで嘲った。――
小さなコウモリやミソサザイが
樫の木の中に住まうのだ。――
もし地底の火が、持ち上げられて山となった土地を割って、

(1) 一八四五年一二月二九日にテキサスを正式に迎え入れた合衆国は、一八四六年五月一三日にメキシコに開戦を宣言した。

(2) ニューハンプシャーを流れる川。アジオチュークは、アルゴンクィン族がワシントン山につけた名前。

(3) 一八四四年の大統領選でニューハンプシャーが奴隷制容認の民主党に投票したことを批判している。また、ニューハンプシャー出身の上院議員ダニエル・ウェブスターの調停主義者的な振舞いを念頭においているかもしれない(W)。

人々を埋めたなら、
南部のワニは涙を流して深く悲しむことだろう。(4)
美徳はごまかす。正義は死ぬ。
自由は称えられるが、隠される。
葬式の雄弁が
棺桶の蓋をガタガタ鳴らす。(5)
君の熱意が何の役に立つのか、
おお、熱情に燃える友よ、(6)
憤慨して
北の国を南から切り離そうというが。
何のために、どんなよい目的のためにか。
ボストン湾やバンカー・ヒル(7)は
いまでもものの役には立つだろう、——
ものはヘビに由来するが。

馬の騎手は馬に仕える。
牛飼いは牛に仕える。

(4) うそ泣きの意。

(5) 温厚なトーレー牧師の葬儀を政治的目的に利用し、憤怒に満ちた激しい言葉で奴隷制を攻撃する場となったことに言及している(CW)。

(6) チャニングは奴隷制反対協会の集会で、メキシコ戦争を非難し、南部と北部との連合の解消を呼びかけた(CW)。

(7) 独立戦争の古戦場。南部と結びついた商業主義的ボストンの代名詞として使われている。

商人は財布に仕える。
食べる人は肉に仕える。
債務奴隷の時代だ、
蜘蛛の巣が織り、とうもろこしが挽くような。
ものが鞍にまたがり、
人類に乗っているのだ。

二つの別個の法則がある。
それは和解しない。
人間にとっての法則とものにとっての法則。
後者は街や艦隊を作る。
しかし、それは暴走して、
人を王位から引き摺り下ろす。

森の木が倒されることはよいだろう。
坂道の傾斜がなだらかにされることも、
山にトンネルが掘られることも、
砂地に日覆いがつけられることも、
果樹園が作られることも、

土が耕されることも
大平原《プレーリー》が金《かね》で譲渡されることも、
蒸気船が建造されることも。

人には人のための法則に仕えさせよ。
友情のために生き、愛のために生かせよ、
真実と調和のために。
国は従うことが可能な形に従う、
オリンポスの神々がジュピターに従うように。

しかし、わたしは皺の寄った小売店主に
わたしの鳴り響く森へ来るよう誘うことはしない。
その気のない議員に
人気《ひとけ》のない森のツグミに投票を頼むよう命じることもない。
どの人もそれぞれ自分の選んだ仕事につく。
愚かな手が混ぜてだめにする。
生じるものは賢く確かなものだ。
生じるものは回転して、闇が光になる。
男は女に、偶数は奇数になる。——

高き神は
「正義」を「力」と結婚させ、
人を増やしもすれば、消しもする者。――
いろいろな人種を
より強い人種で、
黒い顔を白い顔で絶滅させる者は、――
ライオンから
蜜を取り出すことを知っている。(8)
最も優しい貴族の若枝を
海賊やトルコ人に接ぎ木する。

コサックたちがポーランドを食べる、(9)
盗んだ果物を食べるように。
ポーランドの最後の貴族が滅び、
最後の詩人が黙す。
一直線に、二つの軍団に
勝利者たちは分かれていく。
半分は自由のために戦い、それを代表する。――
詩神《ミューズ》は何千もの味方が傍らにいるのに気づいて驚く。(10)

（8）サムソンは殺したライオンの死骸から蜜を取り出した（『士師記』14章8節）。

（9）ロシアは一八世紀末にポーランドのほとんどを占領する。ポーランド人は一八三〇年反乱に失敗し、その後の抑圧につながった（CW）。

（10）エマソンはロシアの侵攻に反対だが、ロシアが勝利するという段階が皮肉にも人々を不正義に目覚めさせ、最終的には自然の流れにしたがって正義が勝利すると考えている（CW）。

ボストン讃歌

一八六三年一月一日、音楽堂で詠まれる

主の言葉が夜に紛れて
注意深く見張っている「巡礼たち」(1)のところへ来た、
彼らが海辺に座り、
心に炎が満ちているときのこと。

神は言った、わたしは王たちに飽き飽きした、
これ以上彼らに我慢できない。(2)
わたしの耳にまで、朝は
貧しき者たちの激しい怒りを届けてくる。

おまえたちは、わたしがこの球体を
大破壊と戦争の場にしたと思うか、
大暴君と小暴君が

＊ Boston Hymn (*M*)
奴隷解放宣言が施行された日に、それを祝う会で三千人の聴衆を前に読まれた詩。ストウ夫人はじめ出席者全体に大きな印象を与え、奴隷解放宣言の価値を高めるのに貢献した (*CW*)。その晩、一八五九年に処刑された奴隷解放運動の指導者ジョン・ブラウンの彫像の完成を祝う私的な会でも再度詠まれた (*PN*)。
(1) 神から巡礼に伝えられた道徳的、政治的命令という考え方は、メイフラワー号の理念に由来する (*CW*)。
(2) 博物学者アレクサンダー・フォン・フンボルトの手紙のなかに引用されていたものを、日記に書き留めた言葉 (*CW*)。

弱く貧しい者を苦しめるような。

わたしの天使、――彼の名前は「自由」だ――
彼をおまえたちの王に選べ。
彼に東へ西へ道を切り開かせ、
翼でおまえたちを護らせよう。

見よ！　わたしが、昔、西部に隠した
土地の覆いを取るのを、
彫刻家が最高の作品を作ったとき、
その像の覆いを取るように。(3)

わたしはコロンビア(4)を見せる、
その足を海に浸し、
風に運ばれる群雲まで高く舞い上がる岩と、
そして北風の羊毛である雪を。

わたしはわたしの所有物を分ける。
悲惨な者や奴隷を呼び入れよ、

(3)ブラウンの彫像の除幕式への言及。
(4)アメリカを擬人化した呼び名。赤、白、青の服を着た女性で表わされる。

身分の低い者だけを統治者とし、
「労苦」だけを所有者にしよう。

わたしは決して貴族をもたない、
どの家系が偉大ということもない。
漁師と樵と農夫に
国を構成させよう。

行け、森で木を切り倒し、
いちばん真直ぐな大枝をはらえ。
森で木を切り倒し、
わたしに木の家を建てよ。

人々を呼び集めよ、
若者と父祖たち、
収穫の畑で掘る人、
雇われて働く人、そして雇う人(5)、
そして、ここ、松の木の州議会堂で

(5) 雇われる側と雇う側の政治的平等は、奴隷制廃止論者たちの主張であった。当時、奴隷制と債務奴隷を含む賃金労働とを同一視して奴隷制を肯定する意見が優勢であり、廃止論者たちはそれに反対していた(CW)。

彼らは統治者を必要としているあらゆる同業者団体に、
教会に、州に、学校に、
統治者となるべき人々を選ぶだろう。

見よ、さあ！　これら貧しい人々が
陸と海とを治めることができ、
忠実な惑星と同じように、
太陽の下、公正な法を作ることができるかどうかを。

そしておまえたちは人々を救助するだろう。
人に奉仕することは、高貴なことだ(6)。
我が身を再び助けることのできない人々を助けよ、
正義から外れないよう、気をつけろ。

わたしはおまえを束縛するものや主人の権限を壊し、
奴隷の鎖をはずす、
彼の心と手はこれから
風やさすらう波のように自由になれと。

(6) 未完の詩「ボストン」では、「私は仕える」は、英国皇太子の「最も高貴なモットー」として提示されている。

わたしはあらゆる人間から
その固有の善が流れ出るようにする、
その存在と行為の大きさに見合ったものを、
彼に使わせよう。

しかし、他人をひっつかまえて、
労働と汗を偽造すると、
そんな輩は彼の犠牲となった者の質に入って、
永遠の年月を借金で暮らす。

今日、囚人を解き放せ、
そうすることでのみおまえたちも解放される。
ひとつの民族を土埃の中から引き上げよ、
彼らの救出のらっぱ、音を出せ！

身代金を所有者に払え、
そして袋を縁まで満たせ。
所有者は誰だ。奴隷が所有者であり、
これまでもそうだった。彼に金を払え。(7)

(7) 奴隷所有者には賠償金を払うという当時主流の考え方を、直接批判するこの四行は、奴隷解放宣言への精神的支持の表明であった（CW）。エマソンの「美しい声」がここを朗読したときには大変な効果があったと、小説家ヘンリー・ジェイムズは述べている。

おお、北部よ！　彼にぼろの代わりに美を、
名誉を与えよ、おお、南部よ！　彼の恥の代わりに。
ネヴァダよ！　おまえの金色に輝くごつごつした岩山(8)を
「自由」の像と名前をつけて鋳造せよ。

立ち上がれ！　長く暗闇の中で座っていた(9)
黒い人種よ、——
彼らの足は、カモシカのようにすばやく、
カバのように強くあれ。

来たれ、東部と西部と北部よ、
多くの人種ごと、雪片のように、
そしてわたしの意図を前に進めよ、
それは止まりも揺らぎもしない。

わたしの意志は実現されるだろう、
というのは、日の光の中でも暗闇の中でも、
わたしの稲妻の矢は的へ戻る道を

（8）コムストック鉱脈が一八五九年に、当時のユタで発見された。二年後にはカリフォルニアから流入した人々がその地域をモルモン教徒の支配からもぎ取り、ネヴァダ準州を作った（CW）。
（9）やがて光が訪れるという趣旨（『マタイによる福音書』4章16節、『ルカによる福音書』1章79節など）。

見る目をもっているのだから。

志願兵

I

旋律は低く哀悼に満ち、
不遜な思いはわたしからはるかに遠くあれ。
後悔と苦痛の声、
熱帯の海のうめき。
囚われ人が鎖につながれて座る
小屋の中に低くやさしく、
そっとつぶやくような小唄は
彼のアフリカの灼熱の平原から大事にとっておかれたもの。
彼の父祖が贈った唯一の財産――
不幸な父祖から不幸な息子へ――
それは彼が吐き出す嘆きの歌、
そして生命が終わるときには彼の鎖のみ。

＊ Voluntaries (*M*)
南北戦争時、アメリカで最初の全員が黒人から成る連隊の白人指揮官、ロバート・グールド・ショウ大佐(一八三七―六三)が、七月一八日に多くの兵士とともに戦死したあと、一ヶ月以内に書かれた。黒人連隊は、ショウの父ら裕福なボストンの奴隷制廃止論者たちが知事を後押しして実現したものだった(*CW*)。連隊の顕彰碑は、一八九七年、ボストン・コモンに建立された。

原題には、「志願兵」の他に、挽歌にふさわしい「教会のオルガンによる即興演奏」の意味もある。

何が彼の過ちなのか、あるいは、何が罪なのか。
あるいは、どんな悪い星が彼の盛りの時を横切ったのか。
近くに這い寄ってくる運命に直面するには
柔らかすぎる心と弱すぎる意志——
猛禽の嘴に抑えられた鳩——
歌が血に飢えた槍を説得して思いとどまらせるだろうか。
彼の母親の腕と胸から引きずり出され、
故郷を離れ、家財を取り上げられ、ここで
最善を尽くそうとする彼のもの言いたげな悩みに満ちた苦労は
口汚い嘲笑の冷や水を浴びせられる。
議会には偉大な人々[1]、
賢者、英雄が居並び、
息子たちのために国を建設する、
彼らは将来誇りをもってそれを統治するだろう。
彼らは黒い種族を縛る鎖を
切ることは自粛した、
奴隷所有者の獰猛な軽蔑に抑えられて、
「米国の統一」という賄賂に誘惑されて。
運命は傍にいて、言う、

(1) ダニエル・ウェブスター上院議員をはじめ「逃亡奴隷法」を支持する南部寄りの人々。

「あなた方の子孫は心痛を心痛で払うだろう、
偽りの平和のなかに臆病な頭を隠せ、
わたしは報いの日をもたらす。」

II

「自由」はまったき翼を与えられ、広がっていき、
狭い場所に止まらない。
自由の女神の広大な前衛部隊は、自由の種のまかれていない土地を探す、
彼女は貧しく徳の高い人種を愛する。
暗い空が雪片を落とす
より寒い地帯に馴染んでいるので、
雪片は彼女の国旗の星であり、
北風の吹流しは彼女の縞模様である。
長い間彼女は「北の人」をよく愛した。
いまや鉄の時代は終わったのだから、
彼女は太陽の子孫である黒人と
住むことを拒絶しない。
椰子が羽飾りをつけ、熱風《シロッコ》が炎をあげて燃える、
遠い砂漠の捨て子として、

彼は夏の星の地域で
燃える道を傷つくことなくさまよう。
彼には北部の脳をもった人々からは隠された
神に至る大通りがあり、
遙か遠くを見るに雲ひとつなく、
最もゆっくりした歩みでもこの通りが何に達するかを知る。
もし、いったん、寛大な長が
喜んで導かれる人を導くために到着するなら、
自由のために彼は攻撃し、奮闘する、
そして死ぬまで自分の思いのたけを出し尽くすだろう。

III

気取り屋と玩具の時代には、
知恵が欠け、正義がなく、
いったい誰が英雄的な少年たちに
「自由」の戦いにすべてを危険にさらすよう力づけるだろうか――
楽しいゲームをきっぱりと断ち、
陽気な仲間を捨て、
誇りある家庭、若い奥方の元を去り、

飢餓と苦労、騒々しい争いに向かうだろうか。
しかし、動きの速い優しい空気にのって
さらに速いメッセージが急ぎ行き、
神聖な恩恵の息吹を
怠惰で安易な心へふわりと運ぶ。
塵のようなわたしたちのすぐ近くに偉大さがあり、
人間のすぐ近くに神がいるので
「義務」が「汝すべし」とささやくとき、
若者は「できます」と応えるのだ。

IV

おお、「音楽」の翼に包まれて
古きも新しきも悲しみの記憶が
そっと運び出される
幸運な魂はよきかな！
しかし、内なる視力が繊細な思考に宿り、
空ろな胸にもたらされる
時代の玩具に対して感覚を閉じる人は
もっと幸せだ。

しかし、神のいちばんの友は、
悪い時代にあって、
内なる声に警告され、
暗闇や恐怖を気にせず、
自分の規則と選択に拠り、
炎の糸だけを感じて、
死の恐怖に周りを囲まれた土地を
雄々しく越えて
彼を誘う目的へと、
彼の行為が確保する甘美な天へと導かれる者だ。

城壁の上の未だ血に染まらぬ汚れなき兵士は
次のことを知って――そしてそれ以上のことは知らない――
誰が戦おうと、誰が倒れようと、
「正義」がいつも勝つ、
「正義」が昔もこれからも――
そして正義の側で戦う人は、
たとえ彼が十回殺されても、神は
彼に栄光ある勝者の王冠を与える、

死と苦痛を越えた勝者。
永遠に。しかし、敵は誤って、
栄えるのは自分だと自分で信じて、
下に横たわる彼の犠牲者から目を離し、
空高くに神の赤い右腕[(2)]が
永遠の天秤を正すのを見る。
哀れな敵は、天使たちに撃退されて、
高慢で目が見えなくなり、憎悪によって騙され、
竜のとぐろの中で身をよじり、
無言の運命のために取っておかれる。

V

戦う勇敢な長のものである
月桂樹が咲き誇る。
わたしはその花輪を見る、「永遠の正義」を、
日々の不正を制する勝者を
称える歌を聞く、
恐るべき勝者は、
彼らがこれから滅ぼす人々に勘違いさせている、

（2）神の「赤い右腕」（*rubente dexteral*）という正義のイメージは、ローマの詩人ホラーティウスに始まる（*CW*）。

そしてその近づきつつある勝利を
わたしたちの没落、つまりはわたしたちの喜びのなかに隠しているのだ。
彼らは期限に達しない、彼らは決して眠らない、
同じ強さで空間にとどまっている。
小人を装い、身をかがめたり這ったりするけれども、
強いものを殺し、すばやいものよりも速く歩く。
運命の草は川の流域の土に生い茂り、
城郭で囲まれた丘に生い茂る——
これらは神だ、断固としてそう言え、
それに比べれば、すべて亡霊だ。

第3章　風　景

吹雪

空のすべてのトランペットが鳴り渡り、(1)
雪がやってきた。畑の上を駆け抜け、
どこにもとどまるふうはない。白くなった大気は
丘も森も、川も、天も隠し
菜園の端にある農家を包み込む。
橇で行く旅人は止められ、配達人の足は遅れ、
友人はすべて締め出しを食らうなか、家の者たちは
明るく火の輝く暖炉の周りに座り、騒ぐ吹雪に
気を高ぶらせながらその内奥に囲みこまれる。

　さあ、北風の造る石の建築を見るがいい。
目には見えない石切り場からひっきりなしに
瓦を送り込まれて、この猛烈な熟練工(2)は
風上の杭といわず木といわず、扉といわずことごとくぐるりと
張り出し屋根をつけ、白い稜堡の曲線を描く。

＊ The Snow-Storm
一八三四年一二月二九日の大吹雪のすぐあとで書かれたと思われる。この詩に触発されて、多くのアメリカ詩人が雪の詩を書いている。

(1) 「最後の審判」など重大事の前に鳴らされる。

(2) ミルトンによるサタンの描写に「欺瞞の熟練工」という表現がある (N)。

無数の手を使って、すこぶる気まぐれで、すこぶる荒々しい
その奔放な仕事をぐんぐん進めていきながら、
彼は数や釣り合いはいっこうに気にしない。ふざけて、
鶏小屋にも犬小屋にもパリアン大理石(3)の花輪飾りをかける。
茨が隠れて白鳥のような形が覆う。
農夫の路地は壁から壁まですっぽり埋もれてしまう、
農夫のため息もものともせずに。そして門のところでは、
先細の小塔がこの作品の上に聳え立つ。
そして残り時間も少なくなり、全世界を
我が物とすると、まるで存在しなかったかのように、彼は身を引き、
太陽が現われると、驚嘆している「人間技」にまかせ
石また石の遅々とした建て方で、一時代もかけて模倣させるのは、
狂った風の一夜の仕事、
気ままに造った雪の建造物。

森の音II

日光が、潤沢な森の空間を流れ行き、

(3) 地中海パロス島産の白い半透明の大理石。古代ギリシア・ローマで、彫刻用として重宝された。

＊ Woodnotes, II 松が風に揺れる音を、音楽と捉えている。ニューイングランドの堂々たる白松（ストローブマツ）はエマソンの好きな木で、そのために、ウォールデン湖畔の土地を買った（W）。ソローはそこに小屋を建てた。

しかもなにかを押したり、退かしたりしないと同じく、
松の木はわたしの思考のなかを揺れ動き、
それが持ち込んだのではない夢を扇いだ。

「贈り物と贈り物をする人と、どちらがよいか。[1]
わたしのところへいらっしゃい」
松の木は言った、
「わたしは名誉を与える者。
わたしの庭は割れた岩、
わたしの肥料は雪。
夏の焦がすような光のなか、
吹き寄せる砂のたまりがわたしの種族を養う。
年寄りであろうが好奇心が強かろうが、
誰がわたしたちのことをなにか知っていよう。
ジュピターのように古い、
『愛』のように古い、
わたしの家系図を誰が教えるのか。
古い山だけが、
冷たい水だけが、

（1）第一連は、古代アングロサクソン詩の「半行」の韻律を模して、一行が短く二行で対句になる部分を含む。

月と星だけが、
わたしの同時代人だ。
わたしの優しい大枝のなかで
最初の鳥が歌う前、
アダムが妻を娶る前、
アダムが生を得る前
アヒルが水に潜る前、
ミツバチが巣を作る前、
ライオンが吼える前、
ワシが空高く舞い上がる前、
光と熱、陸と海が
最古の木に話しかけた。
ものがものに返す
やさしくひそかな助けを喜んで、
水が流れ、風は扇ぎ、
木はさまよう砂を閉じ込め、
日光はわたしを目に見えるものにし、
木は形をもたない光を引き立たせた。
そしてもう一度

人間の墓の上で
わたしたちは再びお互いに話しかけることだろう、
過ぎた古い時代のことを、
忘れてしまった時のことを、
そしてそれらの時は再びやって来るだろうと。

「贈り物と贈り物をする人と、どちらがよいか。
わたしのところへいらっしゃい」
松の木は言った、
「わたしは名誉を与える者。
わたしのそばに住める人は偉大だ。
粗野なあごひげの森の住人は
領主よりよい。
神は山人の合切袋や水筒を満たす。
罪はご馳走を食卓に山と積む。
領主は以前の農夫であり、
農夫は将来の領主である。
領主は干草、農夫は草、
一方は干乾びた、一方は生きている木。

霊的精神《ジーニアス》はわたしの大枝で栄え、
欠乏と寒さがわたしの根に栄養を与えるだろう。
ごつごつした松のそばに住む者は
英雄の家系を創る。
宮殿の広間に住む者は
早く衰え、すべてを使い尽くす。
未開の森の中わたしがよく現われるところへ、
領主は彼の戦車と心配を連れて出かける。
彼はわたしの黄昏の王国の魔法を解き、
そこを牢獄だと思う。

「塔のある町の値打ちは何が決めるのか。
松の木が生み出すものだけだ。
野原を征服した腱。
野生の目をした少年が
森のなかで彼の讃美歌を丘や川に歌う。
都会の毒である憂鬱は
彼を青白くもしないし、太らせも痩せさせもしなかった。
雨と風は彼を清め、

夜明けと太陽は彼の成長を促す。
彼の頬にはバラの花びらが色づき、
彼の足となってライオンが駆ける。
鉄の腕と、鉄の姿かたち、
恐れも疲れも寒さも知らない。
わたしは彼のボートにわたしの垂木を与える、
彼のボイラーの喉には太い薪を与える。
そうしてわたしは古くからある海を泳ごう、
わたしの子供を勝利へと引きつれて行くために。
そして、松とともに住む者に、
棕櫚や葡萄[2]への支配権を与えよう。
西へとわたしは森の門を開く、
汽車は線路を滑っていく。
汽車は過去の時代のように土地を置き去りにし、
前方の土地は速い川の流れのように迫る。
わたしはミズーリを市場にし、
アイオワにサクソン[3]の技を教える。
松の木を離れる者は友人を離れる者、
自分の力をくじき、終りを招く者。

(2) 棕櫚はキリスト教、葡萄はギリシア・ローマ神話の象徴。

(3) アングロ・サクソン民族。

わたしの主幹から大枝を切り、
そしてそれをおまえの磁器の花瓶に浸してみよ。
しばらくの間、赤茶色の宝石のひとつひとつが
膨らみ、いつもの優美さで立ち上がる。
しかし、さらに多くの水や空気の供給を求めるとき、
森の孤児は死ぬのだ。
人里離れた場所を歩き、
森に住む者は誰でも、
お金を愛する輩よりも、
光、波、岩、鳥を選ぶので、
その森の人にはこうした仲間から、
力と優美さが流れ込むだろう。
彼は外目も内も
しつこくつきまとう古い罪から清められるだろう。
彼は、すべてに公平ですべてを抱擁する『運命』を
愛するが、おべっかは使わないだろう。
すべての悪は、彼の勝利に満ちた刺し貫く視力の
光のなかに溶ける。
自惚れず、不機嫌でもなく、軽薄でもない。

狂ってもいず、がつがつもせず、おしゃべりでもない。
人里離れて住むけれども、まじめで、慎みがあり、満足している、
そして他のすべての人から望まれている。
彼の上に、星と月の光は
より純粋な輝きで降るだろう。
空の星座はすべて
彼の目を通してその美徳を放つ。
彼を守るため、『自然』は彼に
強固な無垢を与える。
登っていく樹液、貝殻、海、
すべての天球、すべての石が彼の援助者になるだろう。
彼は決して年をとることはないだろう。
彼の運命が予告されることもないだろう。
彼は早く過ぎ行く年を
泣くことも、恐れることもなく見るだろう。
彼は愛においても幸福だ、
似たものは似たものにとって喜びとなるだろう。
詩神《ミューズ》から生まれた彼は、
詩神《ミューズ》の娘に求婚している間は幸福だろう。

しかし、もし、彼女が彼女の髪を黄金でしばり、
彼女の胸をダイアモンドで飾るなら、
おまえの目を他へ移せ、おまえの心を抑えろ、
おまえが一人地面に横になるとしても。
彼女を輝かせる絹の衣服、
それは多くの罪で織られていた。
彼女が同じ絹の衣服に着替えるとき
彼女がぼろ切れのように
脱ぎ捨てるものは
悲しみに悲しみを、
恥に恥を重ねることになるだろう。

「古い神託に気をつけろ、
わたしの呪文をよく考えるのだ。
風が立つとき、
歌がわたしの小尖塔のなかで目覚める。
予言となる風が鳴ると、
影は背後の岩の上で揺れ、
無数の松の葉は

森の神が歌う歌に調音された弦楽器だ。
　聞け！　聞け！
地球が若いときに歌われた
神秘の歌をおまえが知りたいなら。
高く、広く、勝ち歌は膨らみ大きくなる。
おお、賢い人よ！　おまえはそれが語る半分でも聞こえるか。
おお、賢い人よ！　おまえはその最小の部分でも聞こえるか。
それは技の年代記だ。
それは、開かれた耳に優しく、
初期の創世を歌う、
果てしない時代を通して存在する傾向(4)を、
星屑と巡礼の星たちを、
丸くなった世界、空間と時間を、
古い洪水が引いたあとの泥を、
化学変化する物質、作用力、形を、
両極とさまざまな力を歌う、冷たいものも湿ったものも暖かいものも。
急進する変容は、
固定したものすべてを溶解し、
そうあるものを溶かしてそうみえるものにし、

（4）「傾向」という言葉は、ワーズワースの詩 The Excursion, IX に「傾向という力強い流れ」があるように（W)、生成発展する力を表わす。

確固たる自然を、夢にする。
おお、聞け、隠れた従旋律を――
つねに古く、つねに若い歌。
そしてあの音が降下したあとの休止の内部深くに、
古代の『原因』の合唱を！
恐ろしい『運命』は
その声を木に投げつけて喜び、
おまえの弱い耳に
その永遠の喉から吐き出される音で衝撃を与える。
運命は、『自然』の美しい一群が飛び出た
産みの苦しみを音楽にして繰り返す。
おお、死すべき者よ！　おまえの耳は石だ。
これらの木霊は、純粋な者だけに
聞こえる音を担っている。
おまえにはその吟誦が聞こえない、
『運命』と『意志』について、『欠乏』と『正義』について、
来たるべき人間について、人間の生命について、
『死』、そして『運命』『成長』、そして『闘争』についての吟誦が。」

もう一度、松の木は歌った、――
「わたしの大枝の間で、おまえの演説をするな。
おまえの年月を脱ぎ、そよ風で身を洗え。
わたしの一時間は、平和な一世紀。
もうそれ以上、弱い舌で話すな。
空間と時間の道化はもう要らない、
わたしの詩と織り合わせたもっと高貴な詩を作りに来い。
おまえたちアメリカ人だけが、
おまえの詩行を読むことができ、おまえの視線を受け止める。
しかし、わたしが復唱するルーン語(5)の詩は、
宇宙が理解する。
わたしの大枝を上下させたいちばん小さな息が
聖霊降臨《ペンテコスト》を再びもたらす。
あらゆる魂に、それははっきりと、
厳かに明るい声で響く、――
『わたしはあなたのものではないのか。これらはあなたのものではないのか。』
そして、彼らは答える、『永遠にわたしたちのものだ！』
わたしの枝はイタリア語を、
英語、ドイツ語、バスク語、カスティリヤ語を話す、

（5）ルーン文字はチュートン族の最初期のアルファベットで、比喩的に、神秘的な金言の意味で使われる。

スコットランド高地人には山の言葉を、
島人には大洋の言葉を、
フィンランド人に、そしてラップ人、そして浅黒いマレー人に、
それぞれにその胸の秘密を話す。

「さあ、世界を強い音楽に編みこむ運命の歌を
わたしのところへ学びに来い。
勇敢な空想に焚きつけられて、
あらゆる胸はそれに合わせて踊る。
さあ、おまえの目を高貴な韻律に向かって上げろ、
ものともの、時と時との韻、
太陽と影との原初の諧調音、
音とこだま、男と女、
川に映る陸地、
影にいまなお追われる身体。
というのは、『自然』は完全に調子のあった拍子をとるから、
そして彼女のあらゆるルーン語を韻で仕上げるから、
陸や海で働こうと、
地下に彼女の錬金術を隠そうとも。

おまえが杖を空中で振ったり、
湖に櫂を浸したりすると必ず、
そこに美の弓を彫刻し、
韻を踏むさざ波を櫂は残す。(6)
森はおまえよりずっと賢い。
森と波とはお互いを知っている。
無関係でも無縁でもなく、
それぞれの思考、それぞれのものに関わって、
『自然』のあらゆる部分は、
力強い『心』に根づいて、完全である。
しかし、おまえ、あわれな子供よ！　つながりもなく、韻を踏む相手なく、
間違ったところ、間違った時に置かれた、おまえはどこから来たのか。
どこから来たのか、おお、おまえ、孤児で、騙し取られた者よ。
おまえの土地ははがされ、おまえの領土は略奪されたのか。
誰がおまえを縁切りし、騙し、置き去りにしたのか。
誰がおまえから信頼を奪い、
おまえの額からしるし(7)をむしり取り、
不死の目をかくも低く沈めたのか。
おまえの頬は白すぎる、おまえの姿は細すぎる、

(6) 目や地平線のもつ円形や弓形は、自然に具わる「個と全体」の関係を象徴する原初的な形であるとエマソンは考える。

(7) バニヤンの『天路歴程』では、神の国の民と認められたとき、天使により額にしるしをつけられる。「彼らの額には、神の名が記されている」(『黙示録』22章4節)。

おまえの足取りは遅すぎる、おまえの気質は優しすぎるのだ、
王であるには。——こうしたことは、おまえが
荒野からの追放者であることを認めている、——
野山では、健康が健康に同意し、
賢明な魂が病を追い払うのだが。
聞け！　おまえの耳にわたしは
おまえが自分の傷を見抜けるかもしれないしるしを教えよう。
おまえが山の崖を登るとき、
あるいは、小船から広い岸を見るとき、
地平線はおまえに
空虚そしてまた空虚を表わすだけだろう。
地球の円のなかには、
『自然』に値する人はいない。
そしておまえの目には、広大な空は
恐ろしく、風刺的で、
コッコッと鳴く雌鶏や、ぺらぺら喋る愚か者の上に、
泥棒やあくせく働く人、そして人形の上に落ちてくるものだ。
そしておまえは『最高の者』に言うだろう、
『神の精神よ！　この天文学のすべて、

そして運命、そして慣習、そして発明、
強力な芸術、そして美しい見せかけ、
太陽と星のこの輝かしい華麗さ、
かつてあった産みの激痛、いまある世界、
見よ！　みな空しい、空しい。——
そんなはずはない——わたしはもう一度見よう。
確かに、いま、カーテンが上がるだろう、
そして地球にふさわしい間借り人がわたしを驚かすだろう。——
しかし、カーテンは上がらない、
そして「自然」は完全に流産してしまい、
失敗と愚劣に終わった。』

「ああ！　おまえは破産だ、
祝福された『自然』をそんなふうに見るとは。
さあ、わたしの慰めとなる木陰で身を横たえろ、
そして罪が作った傷を癒せ。
わたしは教えよう、時間よりも古い
輝かしい寓話を、
宣言できないことどもを、

至高のヴィジョンを。
わたしは群集のなかでおまえが独りなのを見る。
わたしがおまえの仲間になろう。
おまえの友人たちは運命で死んだものと思って去るのだ、
そして彼らには最後の墓を建てよ。
夜ごとに降りかかる星のきらめく木陰に
それでもなお彼らの葬式を挙げさせ、
そしてカブトムシやミツバチの鐘に
旋律美しく彼らの思い出を告げさせるのだ。
おまえの商品、おまえの教会、
おまえの慈善はおいて行け。
そして孔雀のように自惚れたおまえの機知も置いて行くのだ。
おまえにとっては、小川を流れ、
風を呼吸するおまえの原初の心があれば十分だ。
おまえの知ったかぶりの知識はあっちに置いておけ。
神は全世界をおまえの心のなかに隠したのだから。
『愛』は賢者を避け、子供に王冠を与え、
すべてを断念する人にすべてを与える。
風が呼ぶと雨が来る。

川は海への道を知っている。
水先案内人なしで、川は走り、落ちる、
その慈愛ですべての陸地を祝福しながら。
海は雲と風への道を見つけようと
波立ち、泡立つ。
影は飛ぶボールにぴったりと寄り添う。
ナツメは背の高いナツメヤシの木に必ず実る。
そしておまえは、――おまえの虫の食ったページを焼きに行け、――
預言者より先を見、賢者を知恵で負かすのだ。
しばしば、おまえは空しく森を縫うように歩いた、
どの鳥がその調べを吹いたのか知ろうとして。――
探さなければ、その小さな森の隠者は
陽気に飛び出てきて、見えるところで歌うというのに。

「もう一度聞け！
わたしはおまえにこの世界の(8)知識を教えよう。
おまえの数字が知っている以上に、わたしは年をとっているのだ。
わたしは変わるかもしれない、しかし、過ぎ去ることはない。
ここに、すべてのものはしっかりとどまり、

（8）「この世界の」と訳した mundane は、天に対して地球の、教会に対して「世俗の」を表わす言葉である。*Anima mundi* の訳語として「宇宙の」という意味もあり、インドの宇宙発生論では、"mundane egg" という世界と至高神ブラーマが孵化する宇宙創造の卵の話が紹介されている。

嵐のなかでは錨をおろして停泊する。
時は辛辣なので、急いで
すべてを生み、すべてを埋める必要がある、
形はすべて変わりやすいが、
実質は生き延びる。
いつも新しい広範な創造は、
神聖な即興は、
神の心から発する、
ひとつの意志から、百万の行為が。
かつて、世界は石の卵[9]として眠っていて、
脈拍も、音も、光もなかった。
そして神は言った、『鼓動せよ！』すると動きがあった、
そして広大な塊が広大な海になった。
先へ先へと、永遠の牧神《パン》は、
世界の絶え間ない計画を立て、
決してひとつの形に止まることはなく、
波や炎のように新しい形のなかに、
宝石や空気、植物や虫の形のなかに、
永遠に逃げ出す。

(9)「宇宙の卵」の神話に、進化の過程を重ねている。

わたしは、今日は松の木だが、
昨日は草の束だった。
牧神《パン》は自由で放蕩者、
彼の力であるワインを
あらゆる時代、あらゆる種族に注ぎかける。
あらゆる種族と時代に
彼は自分の飲み物を空ける。
それぞれに、すべてに、
創造者として起源として。
世界は彼の魔法の舞台であり、
彼の奇跡の劇である。
彼がすべてのものに飲み物を与えるに従って、
かようかように、それらは存在し、考える。
彼はほとんど与えなかったり、たくさん与えたりする、
それらをそれぞれ、それなりのものにするために。
一滴で、形と目鼻立ちが流れ出、
二滴目で、特別な性質が。
三滴目は熱の惜しみない火花を加える。
四滴目は暗闇を食べる光を与える。

五滴目のなかに、牧神《パン》は彼自身を投げ入れ、
意識を有する『法則』が王のなかの『王』になる。
彼の甘美な意志を、楽しく奔放に働かせることは、
『永遠の子供』である彼を喜ばせる。
そしてミツバチが庭をあちこち動き回るように、
世界から世界へと神の精神は変化する。
羊が荒野に餌を食みに行くように、
形から形へと神は急ぐ。
光で巨大に輝く丸天井は、
彼が一夜の宿りとする宿屋だ。
そのような『旅人』は意に介さない、
牧場の花のように咲いたり色あせたりするあずまやが、
芳しいユリの花束であっても、
永遠の星々であっても。
彼には同じようなものだ、よりよいものも、より悪いものも、――
輝く天使も見捨てられた死体も。
おまえは彼を世紀で計る、
しかし、見よ！　彼はそよ風のように通り過ぎる。
おまえは地球のなかを、銀河系のなかを探す、

彼は純粋の透明のなかに隠れる。
おまえは泉のなかや火のなかでたずねるが、
彼は問いかける本質だ。
彼は天球の軸。
光沢ある方解石の輝き。
あらゆる被造物の心。
それぞれの顔の造作の意味。
そして彼の精神は大空、
それが抱えるすべてのものより深く、より高い空だ。」

モナドノック

一千もの吟遊詩人がわたしのなかで目覚めた、
「われわれの楽の音が丘に響き渡っているぞ。」——
このうえもなく楽しい光景がわたしを圧倒するように立ち上がった、
豹のまだらに光る小川だ。
「立ち上がれ！ ——河の流域を飛び越して、
農夫の一番高い畑の線よりも高く、

＊ Monadnoc
モナドノック山はコンコードから約一〇〇キロ北方、ニューハンプシャー州にある独立峰。コンコードの高台からも見える。エマソンは一八三八年以来何度かこの山を訪れている（CW）。

地主のはるかかなたの塀を越えて、
ブナや松の茂る薄暗い園地に呼びかけているのが、
誰であるかわかったなら！
立ち上がれ！　空中の砦が
波のように押し寄せる風景のうねりを見ているこの場所で！
この『日』がそのユリやバラ、その海や陸を
見せる相手が石くれであってはならぬ。
天界のしるしを読みとれ！
見よ！　南は北に呼応する。
本の虫よ、この都会の怠惰をうちやぶれ。
おまえを引き止める灰色の夢よりも
もっと大きな精神が前進せよと命じているのだ。
注目せよ、山頂に登りゆく山の精《オレイアス》たちが
自分たちの木々のアーチへとおまえを手招きしているのだ！
若者よ、しばし彼らと同じように自由に、
この大地に触れることを足に教えよ、
『時』がおまえの足を縛りつけてしまう
冬の日がまだ到来せぬうちに。
おまえの誕生の恵みを受けよ、

大地の君主たる地位を賞味せよ。」

　わたしは聴き、従った、――
このように求める声の主、
よく知られているが名指しを好まぬものに
　逆らってはいけないと確信して。

わたしを召還する声が静まる前に、
わたしはチェシャー(1)の誇り高い丘に向かった。
山の円錐形の頂きからちぎれ雲が流れ出た、
周囲の、百マイルにもわたる
平野の全住民に向かって、
海へ、国境の島々へと誘いかける
打ち振られた大きな旗のように。

手ずから織った衣装をつけ、
自分自身の恵みに祝福され、
このつねに与え続ける者(2)はしっかり踏みとどまっている、
あまたの陽気な川を注ぎ出しながら。

（1）ニューハンプシャー州南西部の郡の名前。アメリカン・インディアンの言葉で「突出した山」という意味をもつ。

（2）モナドノック山。この他にもモナドノックの比喩が続く。

遠くから見る目には、これは大気中の島、
人に耕されてはいないが、より優れた精神が積み重ね、
吟遊詩人、恋人、聖者のために
朝と紅の夕べが染める島。
国の中核、
霊感を与え、永遠の預言者たるもの。
人間が忘れることなきようにと
神が高く据えられた柱。
それは人々の生活の装飾となり、
出来事ひとつひとつに混じり合っていくべきもの。
彼らの暦であり日時計、
晴雨計であり薬瓶、
ベリーのなる庭、鳥たちの止まり木、
水たまりに放牧動物の群がる草地、
これらは数えきれない、ひとつひとつの変化、
大地を焼く熱、石を切り裂く寒さの恵みを受け美しい。
タイタン[3]は彼自身の問題に注意を向け、
大きな亀裂や空の同盟にかかわる。

（3）［ギ神］巨人神族の一人。これもモナドノックの比喩。

偉大な太陽が照りあるいは翳るにつれて
日々、ほどこされる色合いの神秘。
そして偶然が織り成すさまざまな甘美と
神秘的な季節のダンス。
潤沢な時間が盗人のようにこっそり歩み
雪の吹き寄せを溶かして花に変える。
おお、最古の科学によってなされ示された
植物と石の驚くべき工芸品！

わたしは言った、「幸せなるかな、ここに住まう者！
山人の幸運！
恵みぶかい『自然』が彼の賤が屋に
王侯の遊び場を展開してくれているのだから。」
注意深く、わたしはあたりを探し、
低い小屋にわが君主を見つけたが
彼は鷲でもなく、伯爵でもなく、——
ああ！　見つけた拾い児は粗野な田舎者であった、
猫の心に昆虫の目をした、
パイプと盃のふがいない犠牲者。

希望が失墜したこの悲しさ！
主よ！　この誇り高い乳母が
神の代理人、身代わりとして育てたのは
向こうのむさ苦しい農夫だけなのですか？
太古の昔から鉱石の鍛冶場、
山の細孔に潜む方解石の採石場、
狼やカワウソ、熊や鹿の
昔からのゆりかご、猟場そして棺台、
多くの生き物の堅固な住まい、
空間を探る観測塔、
川と雨の工場、
地球を取り巻く高峰の鎖の一環。
それら、百万の変化を経て
何が「永遠」のなかでもちこたえるか、
従順な「自然」が何をなしうるかを語る術をもったもの。――
この不思議な力の巨大な護符は
自然界の生き物、血縁、同種には優しくあるが、
主人の心に訴えるには言葉をもたぬのか？
わたしは自由の親株がしっかり心中に根づいている

愛国者を見つけようと考えた。
わたしは数多の有名な山の話を
自分に向かってしばしば詳述する、——
ウェールズ、スコットランド、ウリ[4]、ハンガリーの谷。
ロイ[5]、スカンデルベグ[6]、テル[7]のような人たち。
ここで自然は
その力と音楽と流星を凝集し、
星が完璧な軌道を守って運行している
青い深みへと人間を引き上げ、
賢明なる教師のようにその目を
空の科学を考察する方へと誘い、
学問を未知の力と正気の喜びに満ちた
高みへと持ち上げるのだ。
インディアンの歓声、霜の空が
より純粋な知力、創造的な目を育て上げる、——
つまり都市のないところにそれを構想するような目、
そして目が見るものを樹立していく手を。
そして自分の居場所に教えられて
英雄的な優美さの頂点を暗示する。

（4）スイス中部の州。
（5）ロブ・ロイ（一六七一—一七三四）。スコットランド高地の義賊。
（6）本名はジェルジュ・カストリオティ（一四〇五—六八）。アルバニアの国民的英雄。トルコからの独立を指導した。
（7）ウィリアム・テル。一四世紀初期スイスの伝説的英雄。

人間はこれらごつごつした岩に砦を見出し、
精神の汚れと戦うのだ。
悪が広範囲に広がり浸出してくるただなかで
単純さを武器として
街の狂気に抵抗すべく、
この堅固な土台のようにもちこたえよ。
しかし昔ながらのすばらしい鋳型がこわれて、
山の民が居酒屋の大騒ぎや冗談に明け暮れる
無作法者に成り果てるとしたら、
沈め、おお山よ、沼地の中に！
空の中に隠れよ、おお至高の明かりよ！
木の葉のように滅びよ、高地の種族よ！
生き残る父祖もなく、あとを継ぐ子孫も残らぬように！

黙れ！　自分の詩心が傷つけられたからといって
労苦の民の苛酷な運命を嘲り糾弾するなかれ。
そこでわたしは多くの小村落を、
山の民の多くの農地を探した。
見出したのは吟遊詩人の子孫ではないが

骨太で役に立つ男たち。
教区の尖塔の周りに勢揃いし
暖かく身を寄せ合っている高地の民、
粗野で騒々しいが、温和、
巨人のように強く、子供のようにおっとりと、
むさくるしい部屋でたばこを吸っているが
そこにも西方のそよ風は入ってくる。
こういう粗野な身なりのなかにひっそり隠れ潜んでいるのは
西方の三博士、(8)――ここで彼らは仕事をしているのだ。
汗と季節の推移が彼らの術策、
お守りは鋤と手押し車。
最も年若い者でも凍土から
うまく蜜を集めることができる。
荒れた沼地をかぐわしい干草で飾り、
流砂をとうもろこしに変える。
狼や狐の代わりにモーとなく牛の群れ、
冷たい苔の代わりにクリームや凝乳。
木から蓋つき容器やマットを織り出す。
甘いメープル樹液を大桶に搾り出す。

(8) キリスト誕生の場に登場する「東方の三博士」を念頭においている(『マタイによる福音書』第2章1―11節)。

風を切るいかなる鳥も
彼らのライフルや罠を逃れられない。
川であれ湖であれ、いかなる魚も、
彼らの長い手が捕まえぬものはない。
そしてこの国の鉄のように堅牢な表面も
まるで蠟のように彼らの形成の技を披露する、
くぼ地を埋め、丘を低くし、
深淵に橋をかけ、沼地から排水し、ダムと製粉場を作り、
荒涼たる風吹きすさぶ場所を
より洗練された人種のための庭園に変えていく彼らの技術を。
「世界霊魂」[9]は自分の仕事をよく知っており、
次の幾世代のために準備するときには
姿も精神も優れた
鋳型となる人間を予見し、
現在の火と燃える輝きを冷やし、
生命の鼓動を強くしかしゆっくりしたものに調整する。
身を刺す風や苛酷な断食は
彼の隔離所、彼のほら穴、
そこで彼は老いぼれた身をゆっくり癒し、

(9)「世界霊魂」(七二頁)と同じく *anima mundi* を訳したもの。ここでは山がその化身である。

子どもらしさと爽やかさを取り戻す。
こうした修練は
息子たちに息を吹き込む玩具でありゲームだ。
息子たちは時を待ち、必要とあらば
ジュピターからの血統であることを立派に証明できる。
太陽ができているのと
同じ素材、しかもそれを少し和らげて、
その鼓動は愛、その動悸は歌であるような
活き活きと強靭な素材でできている者であることを。

いまむさくるしい草の間に彼らは眠る、
自分の秘密もいっしょに鈍化させて。
しかし、人は太古の話し言葉を知るであろう、
これらこそ人に教えることのできる師。
八〇か一〇〇の単語が
彼らの口に上る詩神《ミューズ》のすべて。
彼らはこれを作家や牧師とは
違った流儀で遣いまわす。
大学の始業を告げるベルも、

博学な講義もわたしはなしですませられる。
牧師や図書館も、
大学や辞書もなしですませられる、
あの強靭な英語の根源が
ここに、評価されず、踏みにじられながらも繁栄しているからだ。
居酒屋の炉辺に陣取る無骨な詩人は、
人に引用されるはずもない陽気な言葉を惜しげもなく吐き散らすが、
それは地を這いつづけて飛翔することもなく、
ジェイクは言い返しルーベンはわめくというありさま。
樺の樹皮のようにたくましい金切り声を上げながら
弾丸のように飛び的を打つ。
当を得たののしりやひやかしが
待ち受けている耳をはぐらかすことなど決してなく。
学徒の耳にとっては、運搬車や家畜や農夫に関する
鋭く味わい深い冗談も——
山がそこから引き出す意味など何もない、
野蛮な健康と頑健な筋肉を除いては。

山の頂きに立って

野と水の広々とした平地を眺めていると
そびえたつ丘が
完全に黙しているのではなくて
声には出さぬある意味が伝えられてくる気がした。
もし間違っていなければ、それはこう告げた。

「夏には多くの人の足が、好機を得て、
わたしの遙かな頂きを求めてくる。
厳しい冬季には
雲の下、わが孤独な頭を
登ってくるのはまだら模様の影のみ、
太陽と同じぐらい古く、影とも変わらぬぐらい年取ったこの頭を。
それでもおまえはやって来るのか、
見知らぬ森や新しい雪を見に、
高地を踏みしめるために。
そしてここで雲間に立つために、
下界の仲間を捨ててくるのか。
そして森が倒れ人間が消え失せても、
種族が代わり時間がたっても

わたしがあの星を見つめ、
見つめ続けるところで、
わが仲間になろうというのか。
北の火でできた星を従えて、
何千年もの時間をかけて
わたしに近づいてくる、
燃える『琴座』。

「ああ! 来たれ、もしわが秘密を
おまえの頭脳に入れて運び来るのであれば。
願わくは詩神《ミューズ》の翼が山の頂きに
軽々と引っ張り上げてくれるように。
心優しい巡礼よ、もしおまえが
牧神《パン》の古来の全領土を知るなら、
そしていかにこの山々が発生したのかを知るなら、
山の惜しみない祝福が
習いとして、おまえの上に降りきたるであろう。
藪や石ころの法則では、
分相応の祝福のみを受け取るのだが。

「その能力と意志のある者には心に留めさせよ。
魔法によりわたしはここに固定された、
もっと強い詠唱のなかにわたしが姿を消すまで
時の加える損傷に耐えるために。

「もし化学作用で生じた小渦巻きが
極から極へと戯れ動く様子をおまえが知り
何をしゃべっているのかわかるなら、
そしてまたこれら灰色の岩が
岩に積み重なっているのではなくて
実はロザリオのビーズ玉が
祈りと音楽で連なっているのだということを知るなら、
そして信じる心をもって、花崗岩と見えるものを突き抜けて、
『理性』の微笑が輝き出るのを見るなら。――
そのとき、おまえの様式を見抜く目は
ひそかに働く『建造者』の姿を見出せるのだ、
彼は建造するが切れ端も音も出さず、
雪ひらの舞うようなやわらかいハンマーを使う――。
こういうことがわかるか。

おお、巡礼者よ、過つことなく彷徨い歩くおまえよ！
すでにわたしの堆積する岩石は軽くなり、
わたしの円錐はまもなく回り始めるだろう。

「というのは世界は秩序立って造られ、
原子は調子を合わせて進むのだから。
『韻』が合図の笛、『時』が番人、
それらを太陽も月も忘れはしない。
遠くから神秘的なルーン語が聞こえれば、
球体も原子も飛び跳ねて前進する。
群れの後方にいようとも
音楽とダンスが
その場やそのまわりに届くなら、
誰も太陽をも創造するあの音を聞き知らずにはいられない、
そしてピラミッドといえども飛び跳ねるだろう。

「モナドノックは山の中でも
強く、高く、善良な山。
しかしわたしはよく知っている、

いかなる山も完全な人間には匹敵せぬと。
なぜなら寺院に書かれているとおり、
金剛石も人間の智恵の前には軟化するのだ。
そしてわが秘密を頭に収め
より偉大な者が再び来れば、
わたしは身を引く、ちょうどわが影が
日々、丘や野の上をすべり行くように。

「これまでずっと
わたしは近づいてくる足音が、
来る人、必ずや来ることになっている人の足音が
堅い石の通り道に響くのを聴いた。
その人が森と川からなるわたしの重荷を
いとも軽々と担うのは
岩からなる梁をへし曲げることなく
いま、水を切るように空中を進んでいくこの丸い船体(10)と同じ。
その船の肋材は静かに漂いながら、
アルプスやコーカサスを、
ここでは長いアレゲーニー山脈(11)を、

(10) 地球のこと。
(11) アパラチア山系の一部。ペンシルベニア州以南の州にまたがる。

またやがて町の点在することになる陸地を持ち上げている、
それぞれに歴史を背負った星々の間を航海しながら。

「毎朝、頭をもたげて
眼下に広がるニューイングランドを見つめる、
セントローレンス河(12)から南をその河口の湾まで、
キャッツキル山(13)から東へ海岸線まで。
幾時代もの間しっかり固定されたままで、
わたしは聖者たる詩人を待っている、
その人は偉大な思想に身を包み、
きれいな真珠の核のようにモナドノックをビーズ玉のひとつとして繋ぐだろう。
その陽気な吟遊詩人が来れば、
この土山はその目の前で脈打つだろう、
内なる火と痛みを抱えて土山が
平野から泡として立ち上がったときのように。
彼が来れば、わが頭のこの泉から
この大地が生むすべての極上のブドウ酒よりも
芳しい泉のしずくを
わたしは振りかける。

(12) 五大湖からカナダ東部を大西洋まで流れる。
(13) ニューヨーク州中部の山地。

わが不毛の土壌にはワインや香油よりも
もっと高価な果物がなる。
青と金色をしたベリーがなり、――
秋に熟せばその果汁に含まれるものは
スパルタの頑健、ベツレヘムの心、
アジアの憎悪、アテネの芸術、
鈍重にして堅実な英国の幾時代も続く力、
そしてドイツの内省。
わたしはわが息子が食べる、
牧神《パン》の不滅の食物でも最上のものを、
食べるためのパン、飲むための果汁を与えよう。
それゆえ息子の創り出す思想は
星形ではなく星そのものとなるだろう、
青白い絵姿ではなくジュピターやマルス[14]自身であろう。
彼は来る、しかし日ごとわが見晴らしのよい頂きに
登ってくるあの人種から生まれたものではない。
朝がわたしにスカーフを花輪のように巻きつけ、
『闇』の最後の綿毛が飛び去ると、しばしば
こぎれいな事務屋が喘ぎながら登ってくる、

(14)［ロ神］軍神。火星を指す。ジュピターは木星。

南の入り江《サウス・コーヴ》や市の埠頭《シティー・ウォーフ》(15)から。
わたしは峨々たる稜線にこの男を引き上げて登らせる、
半ば後悔し、息を切らした彼を、――
ビーズ玉のような目に花崗岩の混沌の世界と
真夏の雪を見せてやる。
眼下の気力も萎えそうな地図を開示してやる、――
彼の故郷全体、海も陸も、
手のひらほどの大きさに縮小して。
彼の一日の馬での道のりは一ファーロング(16)の距離になってしまい、
彼の町の尖塔はきらめく霞と化す。
わたしは飛び跳ねていく空中の輪に彼の目を釘づけにする、
『さあ地球という弾丸の
陰鬱な灰色の周航を見てみよ、
それに乗っておまえは航海し、
陸地のない深遠に
真っさかさまに転げ落ちるのだ。』
彼は眺め、青ざめる。
その通りなのだ、この裏切りの爪、
農地を耕され町で飾られたこの球体は、

(15) いずれもボストン湾沿いの町の名。

(16) 畔溝の長さを単位とし、約二〇〇メートル。

不安に駆られた貨物のことなど一顧だにせず、
盲目のまま永遠に突き進んでいく。
そして人間は哀れな寄生虫で、
自分で操れぬ船に閉じ込められ――
誰が船長かも知らず、
港も水先案内人も頼れぬまま、――
危険や破滅を共にしなければならない。
わたしは雲を使って彼に顔をしかめて見せ、
北風で彼の血を冷却する。
岩をガラガラと落として彼を足萎えにする。
そして彼は恐怖のうちに生きることになる。
それから、遂に、わたしは彼をもう一度
こざっぱりした故郷の町に戻してやる。
恐慌状態で仲間におしゃべりし
そしてできるものならわたしを忘れさせてやろうと。」

昔の詩における評判では
神々は盲目で足萎えだが、
しかし一見害と思われるものが

その分いっそう充満する力を顕すのであり、
それと同じく、花咲く地帯の上方にあり、
森が死滅する
あの不毛の山頂を荒地と呼ぶなかれ。
純粋に役立つものなのだ。——
われわれがここで天上のケレス神(17)や詩神《ミューズ》から
拾い集め束ねているものに匹敵する穀物の束があるというのか。

幾時代もが汝(18)のたった数日に当たるのだ、
現在時制を堂々と表現し、
永遠の見本をもって任じている汝！
見られることに耐えない
これら一喜一憂する臆病な人間どもの間で、
有限の「存在」が掲げる確固たる旗印よ！

ここへわれわれは持ってくる、
羽虫のようなちっぽけな悲惨をこの岩山まで。
そしてばたばたと羽音で他を悩ます全飛行は
消滅し、不満のつぶやき声も終わる、——

(17)［ロ神］穀物と実りの女神。
(18) ここからは話者が山に「汝」と呼びかける。

この聖なる岩のそばで消滅するのだ、
どんな石工が建てたのかわからぬこれらの岩の。
装飾横壁《フリーズ》や台輪を取り替え
その前面の戦利品を修復する必要はない。
ここでは石のバラのついた堂々たる小間壁《メトープ》がことごとく花と咲く。
「知性」の古い建物たる誇り高い山は
なおも直立し続ける。

人類を補い足す者、
われわれをなおも優位な地点から掌握し、
われわれの贅沢な貧困を、
おお不毛の山よ、汝の豊潤が満たしてくれる！
われわれは愚かなまねをし、ぺちゃくちゃ喋る。
汝は黙しどっしり落ち着いている。
無数の種と無数の時代に
その不変の山はただひとつの意味を授与するのだ。
万物の上にその雪や木の葉を振り落とし、
ひとつの喜びを喜び、ひとつの悲しみを悲しむ。
おお丈高い見張り番よ、汝は

われわれの町や種族が成長し衰えるのを目撃し、
人類が全生涯かけて把握しようと努める
恒久的善を、
移りゆく形態のなかの無形の精神として描き出す、
そして善なるその実在はわれわれの掌握を逃れてはいくが、
汝のなかにその影をわれわれは見出すのだ。
汝、われわれの天文学では
他よりもくすんだ星、
その星は期せずして遠くから見える、
地平線の曲線の上に、
列車で旅する一行によって一瞬、
どこかもっと高いところを疾走するときに、——
用心深い野心によって、
誤った利得によって、
宴会列席者や軽薄者によって見られ——
自分を思い出し、
正気にさせてくれる。
もの言わぬ雄弁者よ!、
嘆願し、言葉を使わずに確信をもたらす術にたけた者よ!

汝はわれわれの短い生涯に
たしかに補いを与え、
そして汝の「創始者」の真実にかけて約束してくれる、
この有限の身の若者に長い明日を。

マスケタキート

これら痩せた畠、低く開けた草地、細長くゆるい流れに
わたしは満足していたから、
そして人が鼻であしらう場所に我が家を見つけたから、
えこ贔屓する森の神々はわたしの愛に対して余分に支払ってくれ、
彼らの領土の自由使用権をわたしに授けてくれた。
そして神々の秘密の議会において
わたしたちの生命を支配する高貴で危険な領主たちを説得し、
月と惑星を彼らの債権の契約当事者にし、
わたしの岩のように堅い孤独の習慣に
思いとやさしさの百万もの光線を射たのだった。
わたしにとっては、驟雨となって、さあっとあたりをさらう驟雨となって、

＊ Musketaquid
アルゴンクィン族がコンコード川につけた名前で、ニューハンプシャー州では「メリマック」と呼ばれていた。

エマソンとソローはその意味を「草生い茂る川」として紹介しているが、のちにインディアンのガイドから「死んだ川、よどんだ水」の意だと聞く（CW）。

「コンコード記念碑の完成に寄せる讃歌」（四五頁）参照。

春は川の流域にやってくる。――雲は散って去り――
わたしは朝の柔らかな銀色の空気を浴び、
彼方の彷徨う流れのそばを喜んで彷徨う。
遠くのスズメ、そして近くでは四月の鳥が
青い服を着、――目の前を木から木へ飛び、
その年の遅れたコンサートを率いようと
優美な序曲を、勇壮に奏でる。
前方へますます近く五月の太陽が進む。
そしてあたり一面、植物の結婚が
甘く厳粛に行なわれる。すると、夏の美の大波が
どっと流れる。谷間と岩、
穴と湖、山腹、そして松のアーケードは
霊的精神《ジーニアス》の触れるところとなる。彼方のごつごつした崖(1)は
一千時間に一千の顔をもつ。

低い丘の下、広い低地帯を
インディアンがマスケタキートと名づけた我らの川が、いつも思うがままに
サナップとスクゥオー(2)のことを忘れずうねっている。
彼らのパイプと矢はよく鋤が掘り出す。

(1) ウォールデン池のそば、土地の人がピクニックに訪れる丘。この丘は「森の音II」でも「山の崖」と言及される（一一九頁）(CW)。

(2) インディアンの男と女。

ここ、倒したばかりの木で建てた松の家の中には、
その部族にとって代わった農民が住む。(3)
旅人であるおまえには、おそらく、退屈な道、
または一幅の絵かもしれないが、これらの農民にとっては、
この風景は力を集めた武器庫、
ひとつずつ、彼らは引き出し使うことを知っている。
彼らは獣、鳥、虫を、自分たちの仕事に利用する。
彼らはそれぞれの岩床の価値を証明し、
そして中身の詰まった壺に囲まれている化学者のように、
それぞれの地層から適合した使用法を引き出し、
それによって農作物に薬をやり、あるいは彼らの技に武器を与える。
彼らは化学を加えた土の塊の上に霜を送り、
豆類と穀物をより分けるために風を向け、
その豊かな泥をもたらした春の洪水に感謝する。
そして簡単にたどりつける頂上の雪の上を、
近づきがたい森へと
底知れぬ草原の上を橇で滑っていく。かくして、年ごとに
彼らは持ち前の自然力で自然力と戦う、
(言ってみれば、歩いてみると草地と森は、

(3) 以上六行(26—31行)はソローが『コンコード・メリマック川上の一週間』に引用している。

これらの人々のなかでは似たものを支配するようにと変わるのだ）
そして土地の秩序により
自作農の頭脳のなかを治めている秩序を明らかにする。

これら強い主人たち(4)が大規模に何マイルにもわたって書いたものを、
わたしはエーカーで数えるような狭さのなかの小さな写しとして跡を継ぐ。
というのも、どんな小さな一ルード(5)の土地でも、上に星を頂かないものなどな
　いから。
梨やプラムの強壮質は
一本の木でも、ミツバチの音が響く広大な果樹園でも同様に
喜んで上がっていくものだ。
そしてあらゆる原子はそれ自身のため、
そしてすべてのために釣合いを取る。やさしい神々は
わたしに見せてくれた、色と音の物語を、
美の数え切れない仮の住処を、
生殖力の奇跡を、
植物と、季節に遅れない鳥において感じられる
天文学の遠くまで届く調和《コンコード》を。
つまり、全体と関連した目的、

（4）自然力。
（5）¼エーカー（およそ千平方メートル）

しかも、この正直な自然がくれた愉快な家のなかで
わたしが見つけた最大の褒美は真の自由だ。
礼儀正しい人はわたしを無作法だと見、偉大な人は
わたしに屈辱を与えようとするだろうが無理だ。というのもつねに
わたしは荒野の柳、
自分を曲げた風を愛しているから。わたしの傷をすべて
わたしの庭の鋤は癒すことができる。森の散歩、
川ブドウを探求すること、物まねツグミ、
野バラ、岩を好むオダマキは
わたしの一番ひどい傷をも癒す。
というのも次のように森の神々はわたしの耳に囁いたから。
「われわれのやり方が好きか。おまえは黙って横たわることができるか。
おまえは、自負心を忘れ、自然のように
冬の夜の消滅した気分へと入っていくことができるか。
おまえはいま輝き、次に闇になることができるか、
また姿を出さずにいても、同じように自分を感じることができるか。
万物の崇拝する月が、目を魅するとき、
川、丘、枝、葉は目立たないが、他を羨まない、
羨むに足らぬものはない。」

独り森で

海辺をさまよって何時間費やすか
数えたりはしない。
森こそわが忠実なる友、
神のようにわたしを用いる。

平野、ふちどる丘の
影が横たわる場所を作り、
空と色を交換する
流れに囲まれた平野にいれば、

あるいは崇高なる山頂に立てば、
あるいは樫の林に下っていけば、
おお、時間などなんの問題となろう。
このためにこそ今日の日は創られたのだから。

＊ Waldeinsamkeit （M）
原題はドイツ・ロマン派の用語で、
「森の孤独」の意。

悲しみに沈む人間どもの都会を[1]
浮世の心配が翻弄する。
しかし厳かな孤独の風景のなかにこそ、
厳格な恩恵が住まうのだ。

光彩はあせ、甘さには飽きる、
陽気は悲しみの仮面にすぎぬ、
しかし、森は喜びの蓄えにも節度を保ち、
心中密かに楽しむ。

そこでは偉大な「耕作者」が
実り豊かな世界の種子を植えつける、
そして苦しみつつ歩む魂を
百万の呪文で魅了する。

彼が作ったあらゆるものの種子の上に
いまなお、うるわしいバラが燃え立つ。[2]
過ぎゆく時間、消え行く形を通して、
不滅の若さが帰り来る。

(1) 一八五七年の財政危機が引き起こした不安に言及しているらしい(CW)。

(2) ハーフィズの詩のエマソンによる英訳からの引用。
うるわしいバラが燃え立つのを見よ!
その火を消すワインをもってこい!
悲しいかな、その炎は我々に追いつき
我々は欲望で破滅する。
(CW)

湖から飛翔する黒いカモ、
松林の中の鳩、
サンカノゴイ(3)の低い声、これらが厳しい荒地をつくる
にせの芸術が磨き上げることなどできぬような。

訪れる人とてない向こうの池の隅
白いあごひげの霧が分かれるところへ下っていけば、
「混沌」にはお馴染みの灰色の老神たち、
「自然」の父祖が隠れ住む。

上空、空気の密かな通路には、
歌の香しい息が吹く、
おお、このような高地に挑戦する者はごくわずか、
すべての人のものであるのに！

気をつけよ、野原や岩にまで
本で見つけた空想を持ち込まぬように。
著者の目を捨て自分自身の目を持ち来たれ、

（3）水中を歩くサギ科の鳥。雄鳥は低い唸り声を立てる。

風景の様相に面と向かうためには。

そしてもし、この得がたい歓喜のただなかで、
わたしの思いが家に跳ね戻るようなことなどあれば、
わたしは当然こうみなす、
それはいま見つけた上機嫌に対する侮辱だと。

ここでは忘却こそ汝の知恵、
種々の心配事を眠らせておくのが汝の倹約、
というのはこのような誇り高い怠惰こそが
汝のつまらぬことどものすべてに勝るのだから。

第4章　詩人の仮面

スフィンクス

スフィンクスは眠たげで、
　その翼はたたみ込まれている。
耳は重く、
　世界に思いを巡らせる。
「誰がわたしに明かしてくれるか、
　幾世代も守られてきたわたしの秘密を――
わたしは賢い見者を待っていた、
　皆がまどろみいねむる間も。――

「人間という子どもの運命。
　人間の意味。
未知のものの既知の果実。
　ダイダラス（1）の企て。
眠りから目覚めが、
　目覚めから眠りが。

＊ The Sphinx
テーベの町の入口にいるスフィンクスとその謎を解いたオイディプスの物語に基づき、エマソンは詩集の冒頭にこの詩をおき、読者に謎をかけた。

（1）［ギ神］クレタ島の迷宮や、自らと息子イカロスに空飛ぶ翼を作ったアテネの名工。

死に襲いかかる生、
　深みのさらなる下の深みとは。

「日の光のごとまっすぐに
　シュロの樹は聳え立つ。
ゾウが若草を食む、
　物怖じせず静かに。
美しい身のこなしで
　ツグミはせっせと翼を動かす。
彼の隠れ家の優しい葉よ、
　おまえたちの沈黙を彼は歌う。

「波は恥じることもなく
　相違を楽しみつつ
そよ風と戯れ遊び、
　かくして昔からの遊び仲間は出会う。
旅する原子どもは
　原初からある全一なるものを、
しっかと引き込み、しっかと引き回す、

その活力溢れる両極によって。

「海、地、空、音、沈黙、
　植物、四足獣、鳥、
ひとつの音楽によって魅せられ、
　ひとつの神により動かされる。――
おのおのが他の美しさを引き立たせつつ、
　つねに寄り添う。――
夜が朝に
　靄が丘にとばりを掛ける。

「赤子は母親のそばにあって
　喜びに浸りつつ眠る。
時は刻まれることなくゆったりと流れ、
　赤子は太陽を玩具とする。
全存在の平穏がその目に、
　雲もなく、輝く。
そして全世界が
　柔らかな縮小図となってそこにある。

「しかし人は屈み赤面し
　逃げ、隠れる。
這い、覗き
　ごまかし、盗む。
弱々しく、憂鬱で、
　あたりを見回しては嫉妬し、
うすのろで共犯者、
　かくして大地を毒している。

「偉大なる母が言を発する、
　人の恐れを見て。――
その声の響きに
　地球は凍えて身を震わす。――
『誰がわたしの息子の杯に毒を盛ったのか
　誰がわたしの息子のパンに混ぜ物をしたのか
誰が悲しみと狂気で
　我が子の頭を狂わせたのか』」

わたしは声高く陽気に
　詩人が答えるのを聞いた、
「言を続けよ、優しいスフィンクスよ！
汝の挽歌はわたしには心地よい歌。
深い愛が
　時の描くこうした数々の絵の背後にはある。
絵はその崇高な意味の
　光を浴びると消えてしまう。

「人を苦しめる悪鬼は
　『最善のもの』の愛。
『龍』の坑はあくびをする、
　『祝福されしもの』の光に照らされて。
自然のものなるレーテ川[2]は
　再び人を魅惑しはしない、
目が求めてもかなわぬ完全を、
　魂は見るゆえに。

「より深く、より深く、

（2）［ギ神］冥土の川のひとつで、死者はすべてこの水を飲み、地上の世界を忘れる。

人の精神は潜らねばならない。
その永久に廻る軌道は
目的地に着きはしない。
言葉にできないほどの甘美さで
いま人を惹きつける天国は
見つけられるや、――新しい天国を求めて
人は古きを捨てる。

「誇りが天使たちを滅ぼし、
恥が彼らを生き返らせる。
最高に甘美な喜びは
悔恨の棘にひそむ。
わたしには
高貴で自由な恋人があるだろうか。
わたしを愛するよりも
もっと高貴であって欲しい。

「永遠の交替
背後に来たかと思うと、逃げ去る。

苦しみの下には喜びが、
　喜びの下には苦しみがある。
愛は中心で働きかけ、
　つねに胸を高鳴らせる。
たくましい鼓動が急ぎ進む、
　日の終わりへと。

「眠たげなスフィンクスよ、ジュピターの神が汝の五感を守らんことを！
　汝の視野はだんだんかすんでいる。
スフィンクスのために芸香《ルー》、没薬《ミルラ》、茴香《クミン》を、――
　彼女のにごった目をすっきりさせるために！」――
年老いたスフィンクスは分厚い唇を噛み、――
　言った「誰がわたしに名指しすることをおまえに教えたのか。
わたしはおまえの精神、くびきでつながれた相棒、
　わたしはおまえの目の光線。

「おまえは答えのない問い。
　たとえおまえ固有の目は見ることができたとしても、
つねに尋ね、また尋ねる。

そしてどの答えも嘘。
そこでおまえの探求を自然のなかでなせ、
　千の自然を通してひたすら探れ。
尋ね続けよ、おまえ、衣を着た[3]永遠よ。
　時は偽りの返答だ。」

陽気なスフィンクスは立ち上がった、
　もはや石のまま屈んでなどいない。
紫の雲に融け、
　月となり銀に光った。
黄色の焔と燃え立った。
　赤い花へと開いた。
流れて泡立つ波となった。
　モナドノック山[4]の頂きとなった。

千の声を通して
　この世界に偏在するご婦人は語った。
「わたしの意味のひとつを語る者は
　わたしの存在のすべてを支配する。」

（3）トーマス・カーライル作『衣装哲学』への言及。

（4）「モナドノック」（一二六頁）参照

ウリエル

それは思いに沈む魂が見晴るかす
太古の昔、
すなわち、かつて荒ぶる「時」が暦の月と日に
組織される前に起こった。

これが天国に降ってわいた
ウリエルの逸脱だ。
あるとき、七人の乙女プレイアデス[1]の間を歩みながら
サイード[2]は若い神々の語らいを耳にした。
そして長らく隠されていた反逆が
いまや彼の耳に明らかとなった。
若い神々は論じていた[3]
形態の法則、そして適正な韻律、
球体、エーテル、そして日光、
何が存続し、何が目に見えるだけなのかを。

＊ Uriel
ウリエルは大天使のひとり。「神学部講演」（一八三八）とそれに対する宗教界からの激烈な反発という個人的体験が投影されている。

（1）［ギ神］アトラスの七人の娘、ゼウスによって星に変えられた。牡牛座のプレイアデス星団。

（2）一三世紀イランの詩人。サアディとも呼ばれる。「サアディ」（一八九頁）参照。

（3）ミルトンの『失楽園』第二部におけるセイタンと反逆天使たちの議論の場への連想。ミルトンのウリエルは反逆天使ではなかった。

そのうちの一人が断乎とした、
そして不信やご立派な慣習に挑みかかる低い声で、
天空を瓦解させ、いたるところに潜む悪魔を
騒がせるような目つきで、
彼の崇高なる感情を表明した
直線の存在なるものに敵対して。
「自然界に直線など見つからぬ。
単一体も宇宙も曲線をなしている。
放出されても空しく、あらゆる光線は戻り来る。
悪は祝福し、氷は燃える。」
ウリエルが鋭い目つきでこう語ったとき、
天空に身震いが走った。
いかめしい老軍神らは首を振った。
ギンバイカ(4)のベッドに安らぐ大天使らは眉をひそめた。
聖なる祝祭には
その大胆な言葉はすべてにとっての凶兆だと思われた。
「運命」のはかり棹は曲げられた。
善と悪の境界は裂けた。
強大なる冥界《ハーデース》の王も自らの領域を守りえず、

(4) 常緑低木で梅に似た白い花をつける。ヴィーナスの神木。

すべてが混乱に陥った。

悲しい自己認識が、花がしぼむように
ウリエルの美しい顔に落ち来たった。
かつて天上で高名であったこの神は
このとき自分の雲の中へと退いた。
生成の大海のいつまでも続く渦巻きに
巻き込まれる運命か、
あるいは知識によってあまりに輝かしくなって
脆弱な視神経には耐えられなくなったためか。
たちまち忘却の風が
天の住人すべての上をそよぎゆき、
彼らの唇は秘密を守った、
まるで灰の中に火種が眠っているように。
しかし時おり、真理を告げるものが
天使たちの覆い隠す翼を恥じ入らせた。
そして太陽の軌道から
あるいは物質のなかを霊魂が進行することで生じる
化学作用の成果から、

あるいは速度を増していく水の転生から、
あるいはまた悪から生まれた善のなかから甲高い声が響いて、
ウリエルの声がケルビム(5)の嘲けりのように聞こえてくるのだった。
すると天空の面は赤らみ、
神々は震えた、なぜとも知らず。

ミトリダテス王

わたしは水やワインなしで済ますことはできない、
　タバコの葉、あるいはケシ、あるいはバラもそうだ。
地球の両極から赤道まで、
　その間で働きまた育っているものすべては、
どれもわたしの血縁だ。

肉の代わりにわたしに瑪瑙を与えよ、
食用にカンタリデス(1)をわたしに与えよ、
空気と大洋からわたしに食物を持って来い、
あらゆる気候帯とあらゆる標高の地から、——

（5）天使の九階級中の第二階級に属し、神の知恵と正義を表わす。

＊ Mithridates
ミトリダテス六世（紀元前一三二?—紀元前六三）は小アジア・ポントス王国の王。対ローマ戦争を三回起こした策略家だが、植物学や物理学にも通じていた。解毒剤を研究し、毒を食し、免疫を獲得した。彼の名前は、解毒剤を意味する名詞になった。

（1）ツチハンミョウ類の甲虫を粉末にした製剤。極微量を誘導刺激薬、利尿薬、媚薬とする。

すっぱいものものねばねばのものも、
　塩も玄武岩も、野生も飼いならされたものも、あらゆる自然から。
木と地衣類、猿、アシカ、
　鳥に爬虫類よ、わたしの獲物となれ。

わたしの細帯にするためにツタウルシを。
わたしの手には目をくらますドクハナミズキを。
わたしの氷菓にはドクニンジンを摘んでくれ、
そしてわたしを寝かしつける青酸の果汁を。
ウパスノキ(2)の大枝の間でわたしを揺らし、
わたしが大酒を飲むときには、吸血鬼《ヴァンパイア》に扇がせよ。

あまりに長く窮屈と欠乏のなかに閉じ込められ、
わずかに露を常食としてきたが、
わたしは世界を使おう、
サクランボをくるくる回すように、世界を篩いにかけ、
千の体液に転換するのだ。
おお、悲嘆に暮れた亡霊よ、陽気な小鬼《ゴブリン》よ！

（2）熱帯アジア・アフリカ原産のクワ科の常緑高木。その乳状の毒液は、毒矢に用いる。

おお、すべての徳、方法、力、
手段、道具、喜び、
噂される不正、自慢屋の正義、
自己満足した決まりきった仕事、与えられたもの、
少数派、雲に覆われたことどもよ!
ここへ! わたしを取り、わたしを使い、わたしを満たすのだ、静脈も動脈
も!
たとえ、あなた方がわたしを殺そうとも!
神よ! わたしはフクロウにはならない、
むしろカピトリヌス神殿(3)でわたしを日と輝かせよ。

(3) カピトリヌス神殿はローマ七丘のひとつでジュピターを祀った。
夕べの鳥である梟と「日」との対比は、『自然』の最終章に引かれたスコラ哲学の「人間の知識は夕方の知識だが、神の知識は朝の知識」という比喩を参照。

アストライア

自分の位を書き、盾に自分自身の紋章を配置するのは
彼自身だった。
英雄の相場を決めることのできる
王も王国もない。
それぞれが全体にとって尊く、

＊ Astraea
［ギ神］アストライアは正義の女神。黄金時代の終わり、人間と共に住んでいた最後の神。鉄の時代の終わりに地球(人類)から去り、乙女座に変えられた。正義の秤が近くの天秤座になった。

「汝自身を知れ」が最初考えられていた題だった(W)。

頭のてっぺんからつま先まで攻撃されることはない、
みなの目が留まるところ、自分の胸の上に
奴隷か主人かを書くまでは。

わたしは田舎でも町でも
人が行き来するのを見た、
「判決と裁判官を求む」
という願いごとを首にかけて。――
彼らは君主や
学識ある法学者の椅子を頼って行くのではなく、
自分たちの仲間や
親族や愛しい人のもとへ急ぐ。
演説するよりも大きな声で彼らは祈願する――
「わたしは何者か、友よ、言ってくれ」と。
すると友は正しい場所と仲間を割り当てるのに
躊躇はしない。
言葉や文字で答えるのでないが、
それだけいっそうよく理解される。
友は彼にとっては鏡であり、

通り過ぎてゆく彼の姿を映す。
彼が出会うすべての旅人は
彼自身が宣言したことを繰り返し、
彼自身が告白したことを記録し、
彼に彼自身の言葉で判決を下す。
その書式は彼自身の肉体の書式で、
彼の思想が刑の苦痛を決める。

しかし、処女《おとめ》たちの心は
星や最も清らかな風に愛されて永遠に輝く、
それらは情熱より上の王位に座して落ち着き、
自分たちの国を危険にさらしたことはない。
探りを入れるスパイを混乱させろ、
好奇心の強い目に
海の際から見つめる人々に対して、
花崗岩の岩棚の永続性を示すことで。
アストライアは恩恵のためにそこにある。
それは清めの光のためにそこにある。
浄化する嵐のためにそこにある。

そしてアストライアの深みはすべての形を映す。
それは卑しいものと交渉できない――
純粋なものは不純なものによって見られることはない。
というのは、隔離された洞窟や、
寂しい山の湖や忘れられた島などなく、
天球を旅する「正義」は、
そこに停泊するため日々身をかがめているから。

ハーマイオニ

塚(1)の上に、一人のアラブ人が横になり、
甘美な悔悟を歌い、
彼の護符に語った、
夏の鳥が
彼の悲しみを聞いた、
そして彼が深いため息をついたとき、
ツバメは同情して地面をさっとかすめた。
「もし、人々が言ったように、彼女が美しくないなら、

＊ Hermione
［ギ神］ハーマイオニはスパルタ王メネラオスとヘレナの娘。
（1）ハーマイオニの墓を指す。

わたしにとって、美は美しいものではない、
しかし、王位についた霊的精神《ジーニアス》は、永遠の軌道にのって、
彼女の天球で頂点に達する。
このハーマイオニが
陸や大洋、
丘や島、雲や木の輝きを
彼女の形と動きのなかに吸収した。

「わたしは安ぴか物の細密肖像画や、
彼女の美しい頭から切り取られた
死んだ巻き毛を求めない、
いま、朝は
山や霧のかかった平原を侮ることなく、
彼女の巨大な肖像画にするのだから。
それらは彼女の性質のしみこんだ
先触れであり、
それらの「詩神《ミューズ》」であり奥方である
彼女の名声を歌う者であれ。

「もっと高くへ、可愛いツバメたちよ！　わたしの言うことを気にするな。
ああ！　弱い者が強いということに気づかず、
ハーマイオニ、おまえがこう考えていると思い、
わたしがこう信じることは正しかったのか、
おまえがこのシリア人(2)、わたしのものだと。

「わたしは、それぞれがそれぞれにしっかり関わりあう
血統に属する。
昔のバスラ(3)の学校では、わたしは
本と陰鬱に誓いをたてた隠者のようだった――
華やかな花婿には不似合いな。
わたしはおまえに触れられて贖われたのだ。
おまえの目が彗星のようにちらっとわたしを見るとき、
わたしたちは詳細にこの世の運命の話をして、
あらゆる特色を正確に描いた。

「かつてわたしは離れて住んでいた、
いまは皆とともに生きている。
遠い丘の中腹の羊飼いの灯りが、

（2）シリアは地域を、アラブは民族を指す。

（3）イラク東南の港町、シュメール文明発祥の地。一一―一二世紀には学術の中心として有名であった。

旅行者の目には、
山の心臓へ通じる扉にみえるように、
おまえはわたしのために岩に
本街道を切り通し、鍵を開けたのだ。

「いま、裏切られて、おまえは彷徨う、
見知らぬ土地を祝福されぬまま。
だからわたしの血族がわたしを慰めにやってくる。
南風はわたしの血にいちばん近いもの。
それはかぐわしい森を通って、
温暖な地域からの香辛料の香りをのせてやって来た、
そしてありとあるきらきら光る林間の空き地や
黄昏の人目につかない片隅で、
覆いを取りおまえの姿形を見せる。
昨日、森の道から出てきて
その姿形はゆっくり進んだ。
そしてわたしが川辺にすわって、
日の光が消えていくのを見たとき、
それは小川から鼓動とともに立ち上がった。

「川とバラ、そしてごつごつした岩、そして鳥、
霜、そして太陽、そして最長老の夜、
わたしには、それらの助けの方が好もしい、
わたしには、それらの慰めが堅い約束だ――
『勇気を！　我々はおまえの同盟者だ、
そして、この暗示を受けて、賢くなれ――
同種のものの鎖が
遠くのものを結びつける。
おまえのなす行為を彼女もなさねばならない、
彼女の意志を超えて、真実でなければならない。
風や滝、そして
秋の日に輝く祭りの数々に、
彼女は必ず頼り、
音楽、そして音楽の思想に、
ほどけないよう結ばれて、
おまえを見つけ、そしておまえに見つけられるだろう。
彼女の逃げる足を追うな。
彼女自身に会うために、我々のところへ来い。』」

マーリンⅠ

おまえの取るに足らぬハープでは、わたしの渇望する耳を
喜ばせることも満たすこともできぬ。
その弦はそよ風が吹くがごとくに響くべきだ、
自由に、断固として、清澄に。
チリンチリン調子ばかりよいセレナード歌い[1]の芸も、
ポロンポロン味気ないピアノの音も、
神秘の泉に湛えられた激しい血を
沸き立たせることはできぬ。
王者たる詩人は
乱暴に、強く弦を叩かねばならぬ、
ハンマーか棍棒を以ってするように。
その弦が、芸術の雷を返せるように、
その雷は
太陽の軌道の秘密を
太陽をも凌ぐ炎の輝きを伝えるのだ。

＊ Merlin I
マーリンは六世紀ケルトの吟遊詩人。アーサー王伝説の魔法使いマーリンをも想起させる。

（1）エマソンはエドガー・アラン・ポーをこう呼んだ。

マーリンの強打は運命の一撃、
木々の大枝が互いにぶつかるときの
あの森の音と調和している。
氷に閉ざされた川の
喘ぎ、うめきにも、調和している。
男らしい心臓の動悸にも、
雄弁家の声にも、
都市生活の喧しい音にも、
戦争の砲声にも、
勇者たちの行進にも、
殉教者の洞窟から聞こえる力強い祈りにも、調和している。

詩人の芸術は偉大なり、
詩人の方法もそうあるべし。
リズム、歩格の煩瑣な決め事に
頭を悩ますべきでない。
むしろ、規則や青白い深慮は捨てて、
つねに高みへと登って行くのだ
己れの韻律を求めて。

「中へ、中へ」天使たちは言う、
「もっと上の扉へ、
各階で部屋の数を数えたりせず、
驚異の階段[2]を
ひたすら天まで登りつめよ。

非の打ちどころなきゲームの達人
恥辱を知らぬ、競技の王者、
詩人は、歌の甘美な力に隠れた喜びを
日々分け与えるのだ。
さまざまなものがもっと快活に生きては去る、
霊妙な心が
その調べを高らかに歌うとき
それに合わせて皆の鼓動は打ち、
足は行進し、
手足はしっかり調和する。

奢侈に耽るシバリス人[3]に惑わされて、
詩人の勤めを怠るべきでない。

（2）ヤコブは、天に達する梯子を、神の使いたちが上り下りしている夢を見た（『創世記』28章12節）。「哀悼歌」の注（六〇頁）を参照。

（3）南イタリアにあった、古代ギリシャの都市の住民。奢侈に耽る者として知られていた。

マーリンの力強い詩行は
自然の極端が相和合したもの、――
暴君の意志を萎えさせ、
猛々しい獅子を柔和にした(4)。
吹き荒れる風に播かれた歌は、
嵐を鎮め(5)、
一年を実り豊かなものとし、
詩の力による平和をもたらす。

心弱く、不幸せなとき、
詩人は効力のある韻律を、
織りなそうと努めはせず、
力強さが戻るのを待つべし。
地の底から
天の頂きまで飛翔する鳥、
その鳥が渡る距離をも、天駆ける詩神《ミューズ》の軌跡は凌駕する。
幸運に恵まれた精神だけが
気が向いたときに発するものを、
おせっかいな機知によって、射止めたと

（4）メシアの到来により、ライオンと狼がおとなしくなった（『イザヤ書』11章）。
（5）イエスが航海の途中、暴風と荒波を鎮めて凪とした（『マタイによる福音書』8章23―27節他）。

己が手中にしたなどと、不敬にも思うなかれ。
「開く時間」というべきものがある
そのとき、神の意志は迸り出て、
愚鈍な馬鹿者でさえ見るだろう
一千年の富が流れ出るのを。——
突然、思いもかけず、
自ずから、扉はばたんと開き、閉じる
それらいくつもの扉が隠すものは
天使の剣でもってしても、明るみには出せまい。

バッカス

わたしにワインをもってこい、しかしワインといっても
ブドウのふくらみの中に育ったものではなく、
その主根がアンデスの下からケープ岬まで達し、
大地の味わいが逃げるのを許さない
そんなブドウからできたワインだ。

＊ Bacchus
［ロ神］バッカスは酒神であり、エマソンが訳したペルシャ詩人ハーフィズの飲酒の詩の語句が使われるなど、異教的色彩が濃い。エマソンが詩集に収めた「ハーフィズのペルシャ語の詩より」は、「執事よ、ルビー色のワインを持って来い／それはわれわれを突然の偉大さで満たすもの」と始まる。

そのブドウの実には夜の根から
朝に対して挨拶させよ。
根はステュクス(1)とエレボス(2)の
苦い汁を感じ、
「夜」の悲哀を
自分の技で、もっと豊かな喜びに変える。

わたしたちはパンの代わりに灰を買い、
水増ししたワインを買う。(3)
ほんものがほしい――
ほんものなら豊かな葉と巻きひげは
天の銀の丘の間で丸まり、
永遠の露を結ぶのだ。
ワインのなかのワイン、
世界の血、
形態のなかの形態(4)、さまざまな背丈のものを作り出す鋳型、
一口で飲めば、
わたしは酩酊し同化して、
思いのままますべての自然のものたちの間を漂い、

(1)［ギ神］冥界を七巻きする三途の川。
(2)［ギ神］この世と黄泉の国との間の冥界。
(3) パンとワインを拝受するキリスト教の聖餐式への暗示。
(4) プラトンの形態論への言及。

鳥の言葉を正しく綴る、
そしてバラが見事に言うことも。

流れるワインは
太陽の奔流のように
地平線の壁を上り、
また大西洋の流れのように
南の海《サウス・シー》(5)が呼びかけると、応えて走る。

水とパン、
変る必要のない食べ物、
虹を花開かせ、知恵に実をつけさせるもの、
すでに人間であるワイン、
教え考えることのできる食べ物。

「音楽」であるワイン、——
「音楽」とワインはひとつのもの、——
そこでわたしは、これを飲むと、
遠くの「混沌」がわたしと語るのを聞く。

(5) 太平洋。

まだ生まれていない王たちがわたしとともに歩む。
そして哀れな草も人間になったときに(6)何をするか
企《たくら》み図《はか》る。
このように活気づけられて、わたしは
どの岩のどの穴倉の鍵も開ける。

わたしの知っていることすべてに関して
わたしはこの喜ばしい飲み物に感謝する。——
大昔の存在を
思い出す風が吹く。
そして有用な堅固にみえる壁が、
開いて流れる。

注げ、バッカスよ！　思い出させてくれるワインを。
わたしとわたしのものの喪失を取り返しておくれ！
ワインはワインにとっての解毒剤であれ、
そしてブドウはハスに(7)報いるべきである！
急ぎ昔の絶望を癒してほしい——
「自然」のハスに溺れてしまった「理性」を、

(6) 進化思想が背景にある。

(7) ［ギ神］その実は忘却を誘発するとされる。オデッセウスが出会った蓮喰い人ロートパゴス人は、望郷の思いを忘れさせた。

消されてしまった幾時代にもわたる思い出を。
これらにふたたび輝きを与えてくれ。
ハスが台無しにしてしまったものをワインが償ってくれ。
そして伝染病が滑り込んでしまったところに、
まばゆい思い出を生き返らせてくれ。
あせてしまった色合いを取り戻し、
古びた版画をまた彫り、
わたしの昔の冒険を書いてほしい。
それを書くペンこそ原初の日、
青色の書字板の上に、
踊るプレイアデス(8)と永遠の人間を描いたもの。

サアディ

木立のなかの木々、
群れのなかの牛たち、
大海では鱗の群れが戯れる、
楔形になって鳥が空を切って進む、

(8)「ウリエル」(一六八頁)参照。

* Saadi
サアディは一三世紀のスーフィズム(イスラム教の禁欲的、隠遁的、神秘主義的な宗派)の詩人。エマソンはゲーテの『西東詩集』などからペルシャ詩に関心をもつようになった。「ウリエル」(一六八頁)参照。

北の湖へと風に運ばれて鴨が飛ぶ、
山の羊は群れになって草を食む、
人は野営地や町で人とつきあう、
しかし、その詩人は一人で住む。

神は、生きている人間すべての幸福のために、
死すべき人間の願望の的である、
竪琴を彼に与え、
厳格に彼に命じた、「孤高の座を守れ」。
輝かしい贈り物に警告を付与されて、
詩人たちは言う――
二人がいっしょに演奏するとき、永遠に
竪琴は音を出さない。

多くの人が来るかもしれない、
しかし、歌うのは一人だ。
二人が弦に触れる、
竪琴は黙ったままだ。
百万人が来るとしても、

賢いサアディは一人で住む。

しかし、サアディは人間という種族を愛した——
彼は洞穴や巣窟に閉じこもった野人ではない。
あずまやでも大広間でも、
彼はすべての人間を欲するし、
彼の聴衆として、
ペルシャなしで済ますことはできない。
彼らは耳を貸さなければならない、
喜びで赤く、恐れで白くならなければならない。
しかし、彼は仲間をもたない。
十人が来ようと、あるいは百万人が来ようと、
善きサアディは一人で住む。

サアディが住むところでは、油断をするな。
彼は神々の叡智である——
尊敬をこめてそれを迎えよ。
あの金色の灯りを囲み、喜んで
森の神々は野営をする、

そして素朴な乙女と高貴な若者は
真実の人に歓迎される。
最も歓迎されるのは、彼を最も必要とする人々、
彼らは使い尽くした泉を水で満たす。
というのも、より大きな必要は
よりよい行為を引き出すからだ。
しかし、批評家よ、おまえの虚栄心は抑えよ、
おまえの尊大な才能を見せて、
人の心を励ます者を
嫌悪すべき巧緻さで困らせるな。

悲しい目をしたイスラム苦行僧は速やかに
衰退への果てしない挽歌を語る、
光の強い輝きのなかでも
真夜中の戦慄を失うことはない。
光あふれる真昼に青ざめ、
狼が月に向かって吠えるのを聞く。
甘美な無為の時を過ごすあずまやで
遠い「復讐者」の足音を聞く。

そしてあの恐ろしい「力」の前で震える、
その力は誇りに満ち、われわれの力を許さないから。
悲しい目をした苦行僧はこのように説教する、
「吟遊詩人よ、アラーの神がおまえに教え、
おまえを彼の聖なる山に引き上げるとき、
彼は自分の苦い泉からニガヨモギを
おまえに送る――そして言う、『おまえの道を行け、
賞賛のマラガブドウ酒(1)を飲むのではなく、
おまえの仲間に憎まれるようなことをして、
おまえの平穏な状態を危うくするのだ。
おまえを乳で養った白い胸を打て。
おまえが慰めを与えるべきであった人々の
頭の下に鋭い茨の刺を押し込め。
苦悩からそして罪から
心は至高の教えを引き出すのだから。』」
しかし、わたしには、
高き神々が悲劇を愛するようには思えない。
というのは、サアディは日の光のなかにすわり、
感謝が彼の悔悟であったから。

(1) マラガ地方産のマスカット種の白ブドウ酒。

馬巣織り[2]の芯地や血塗れた鞭の代わりに、
彼は活動的な手と微笑む唇をもっていた。
にもかかわらず、彼は正しく彼のルーン文字[3]を読んで、
彼のメッセージはすぐさま人々に届いた。
彼の心のなかに移された日光が
透明な文字の一字一字を照らしたので、
サアディを敬うペルシャは
彼の言いたかったことを見事に学びとった。
というのも、サアディの夜の星は
ジャーミー[4]の昼よりも明るかったからだ。

「詩神《ミューズ》」はサアディの簡易寝台で囁いた、
「おお、優しいサアディよ、
機知への賞賛に誘惑されて、
あるいはおまえのものではない才能への
渇望や欲望に誘惑されて、
矛盾の息子たちの言うことを聞くな。
東方の朝の息子よ、
偽りのあとに従うな、軽蔑のあとに従うな。

（2）横糸を馬、ラクダの毛で織った布。
（3）一一六頁の注参照。
（4）古典スーフィズム最後の詩人（一四一四―一四九二）。

非難する人を非難し、否定する人を否定し、
丘を山積みにして、空に登れ。
有神論者、無神論者、汎神論者に
彼らの好きなように定義させ、論争させせよ、
獰猛な保護者、獰猛な破壊者に——
しかし、おまえ、喜びを与える者であり享受する者よ、
戦争を知らず、罪を知らず、
優しいサアディよ、おまえの詩だけを心に留めるのだ。
騒々しいけんか好きの言うことを気にするな、
おまえはただサアディの歌だけを気にするのだ。

「大いなる世界には戦争や交易、
野営地や街で沸きかえらせておけ、
千人が土を掘り、ものを食べるだろう。
鍛冶屋の炉や窯では、何千人もが汗を流す。
そして何千人もが葡萄酒色の海を航海し、
戦争の一撃を与えたり、あるいは受けたりする、
または、市場やバザールに群がる。
しばしば、戦争は終わり、平和が戻ってくる、

そして町が燃えたところに町が立ち上がるだろう、
一人の人がわたしの丘に登って来て、
黄金の韻律を練ることになる前に。
彼らには彼らのやり方でやらせよ、
おまえはただサアディの歌だけを気にするのだ。
死者のなかに生者を探せ——
人は人のなかに幽閉されている。
裸足のイスラム修道僧は貧しくない、
もし運命が彼の胸の扉の鍵を開けて、
彼の目が見たことのあるものを、
彼の舌がその通り輝かしく、鋭く描くことができるなら。
そして彼の柔らかな心が感じたことが
同じ強さの炎でおまえの心を溶かすなら。
というのは、『詩神《ミューズ》たちが』微笑みかけ、
静かな説得の手で触れる人、
その人の言葉は嵐のように、
その翼に恐怖と美とを運んでくるから。
彼の音節のひとつひとつに
真実の自然が潜んでいる。

彼は真夜中の闇のなかで語るけれども――
天には星がなく、地には火花がないけれども――
しかし、聞く人の目の前に
恍惚とした世界が浮遊する、
森は揺れ、夜が明ける、
牧場は眠り、湖には小波が立つ、
葉はきらめき、花は人に似る、
そして生命が岩にも木にも脈打つのだ。
サアディよ、おまえの言葉はそこまで達するだろう、
太陽はサアディの言葉のなかで昇り沈むのだ！」

そして「詩神《ミューズ》」はサアディにこう言った、
「おまえは人々が拒否するパンを食べるのだ、
おまえから逃げる品物から逃げよ、
何も求めるな――『運命』がおまえを求める。
登るな、潜るな。すべて善きことは
永遠の深みの中道を守る。
おまえのところに極楽鳥を連れてくるために、
島々を探索の目で満たしたいと願うな、

おまえの果樹園の端に
自慢の飾り羽と歌のすべてがある。
賢いアリ[5]の日の光のように輝かしい言葉は
市場で格言として通用する、
王の技術によって掘られた山のトンネルを通って、
苦役は荷馬車を走らせながら、口笛を吹く。
詩人または友人を見つけるために、
世界の海を探すな、人類を篩いにかけるな、
見よ、彼は扉のところで見ている！
床に伸びる彼の影を見よ！
無数の扉が天国を開く、
そこではヴェールを取ったアラーが
真実の洪水、善の洪水を、
熾天使のそして智天使の食べ物を注ぎ込む。
それらの扉とは人間だ、賤民《パーリア》の作男が
おまえに完璧な『精神』への入場を認める。
おまえの小屋の壁の彼方に
おまえにすべてを与える救世主たちを求めるな、
砂漠の黄色い床の

（5）アラビアの四代目イスラム教主で王（カリフ）、預言者ムハンマドの義理の息子。

扉のところにおまえが座って、
白髪のしわくちゃばあさんたちの話、
ばかな噂話、単調な昔話を聞いていると、――
サアディ、ほら！　彼女らの背丈は伸びて、
強力な『自然』の高みに達する、
詐欺師の『時』が隠したつもりの秘密が
顕れる――
祝福された神々が奴隷の仮面をつけて
おまえのために家庭の仕事に励んでいたのだ。」

クセノファネス

選んだのではなく、運命によって、つましい「自然」は
ひとつの香りをヒーチュン茶(1)とニオイアラセイトウに与えた、
ひとつの音を松林と滝に、
ひとつの表情を砂漠と湖に与えた。
それは彼女の厳しい必然だった、すべてのものは
ひとつの型から作られる。鳥、獣、そして花、

＊ Xenophanes
クセノファネスはギリシアの哲学者、詩人（紀元前五七〇―四八〇）。西洋宗教史において最初の一神教論者。エマソンは「自然のなかでは個に全体がある」というゲーテの思想に親しんでおり（CW）、クセノファネスにも同様の思想を見出した。
（1）熙春《ヒーチュン》茶。中国の緑茶の一種。

歌、絵、形、空間、思考、そして性格は
わたしたちを欺き、多くのものであるようにみえるが、
ただひとつにすぎない。遠くから見ると、それらは
神と悪魔ほどに違う。それらを心に近づけよ、
そのへりはそれらの単一性でぼやける。
ひとつの要素を知るために、別のものを探検せよ、
すると、二つ目のなかに最初のものが再び現われる。
目を欺く一年のパノラマは
一日のイメージを多様にしたにすぎない――
ろうそくの炎のまわりにぐるりと並べられた鏡。
そして普遍的な「自然」は、その広大な
混雑した全体を通して、無限のインコとなって、
ひとつの音を繰り返す。

ブラーマ

赤い殺人者が殺したと思うなら、
　あるいは、殺された者が殺されたと思うなら、[1]

＊ Brahma (*M*)
ブラーマはヒンドゥー教の最高神、「梵天」。『ヴィシュヌ・プラーナ』（七九頁の注参照）に触発され、後年、

彼らはよくわかっていないのだ
　わたしが留まり、過ぎ去り、また元に戻る微妙なあり方を。

遠いもの、忘れられたものは、わたしには近くにあるのだ。
　影と日光は同じもの。
消えた神々がわたしには現われる。
　そして恥と名声はわたしには同じひとつのもの。

わたしを除外する者は、考え違いをしている。
　彼らがわたしから逃げるとき、わたしはその翼だ。
わたしは疑う者であり、疑いそのものだ。[2]
　そしてわたしは、ブラーミン[3]が歌う讃美歌だ。

強力な神々[4]はわたしの逗留を切望する、
　そして聖なる七賢人[5]も空しく切望する、
しかし、おまえ、善なるものを愛する柔和な者よ！
　わたしを見つけよ、そして天に背を向けるのだ。[6]

ソローから贈られた最新の英訳『ウパニシャッド』を読み改訂、完成されたと考えられている（PW）。

（1）同様の語句が『ヴィシュヌ・プラーナ』に見られる（W）。

（2）古代ギリシアの哲学者パルメニデスの同様の句をノートに書き留めている（W）。

（3）婆羅門（インドの最高階級である僧侶）。

（4）空、火、雲、風、川や海などの神。

（5）古代ヒンドゥー詩の「最高聖人」と呼ばれる七人の預言者。

（6）『バガヴァッド・ギーター』に同様の句がある（W）。

ネメシス

おまえの頬は赤く染まり
おまえが語らねばならぬ胸の思いがもう顕われている。
鳥は、はるかな雲居や島を
彷徨うとも、家路に向かっている。
乙女は恐れ、恐れつつ
自らが拒んだ魅惑の罠へと駆け込む。
そしてあらゆる人間は、恋していようと得意の絶頂であろうと
自らの運命から外れるということはない。

　女の扇が大洋を静穏にするだろうか？
また祈りが石の心もつパルカたち(1)を宥め
雷光を鎮めて標的をはずさせ(2)
ろうそくが暗黒の混沌を明るくするというのか。
「徳」の女神と「詩神《ミューズ》」はあれど
ネメシスは自らの責を果たすのだ。

＊Nemesis（*M*）
［ギ神］ネメシスは人間の思い上がりに憤る、因果応報・復讐の女神。しかし、エマソンの「償い」の思想を反映して、報復よりは収支決算的な性質を帯びている。

（1）［ロ神］運命の三女神に同じ。それぞれ、糸をつむぎ、長さを測り、それを断ち切るという役割を担う。
（2）『リグ・ヴェーダ』からの引用（*CW*）。

かくして我々がもがき苦しむほど
彼女の巨大なとぐろはよりきつく締めつける。

テルミヌス

もう年をとった、
帆をたたむときだ。——
海に岸を設ける
境界の神が、
その逃れがたい運命の巡回でわたしのところにやってきた、
そして言うには、「もうこれまで！
これ以上広げるな
おまえの広い野心の枝とおまえの根を。
空想は去る。新しく考え出すのももうこれまで、
おまえの天空を
テントの大きさに縮小せよ。
これもあれもの余裕はない、
二つのうちの選択をせよ。

＊Terminus　(*M*)
［ロ神］テルミヌスは境界の神。四三歳の誕生日の頃の日記にこの詩に通じる老いの意識が綴られている　(*PN*)。

細っていく河を節約せよ、
だが『与える者』を敬う気持ちは弱めるな、
捨てるものは多く保持するものはわずかにせよ。
時宜を得て賢く限界を受け入れよ、
慎重な足さばきで転倒を和らげよ。
しばらくの間は
まだ計画を立て微笑を絶やすな、
そして新しい芽を出すことはできぬのだから、
落ちずに残っている果実を熟れさせよ。
呪いたいなら、父祖を呪うがよい、
持ち分の火の愚かな管理人である彼ら、
彼らはおまえに息を吹き込むとき、
かつてのようなしっかりした必要な腱と
ベアサーク(1)の骨髄をおまえの骨に
伝え残すことができずに
代わりに潮が引くように衰える血管と
気まぐれな熱と意気地のない腎臓(2)をおまえに残したのだ、――
詩神《ミューズ》たちのあいだで、耳も口もきけぬまま、
剣士のあいだで、硬直して突っ立ったまま放置したのだ。」

(1) 古代スカンディナヴィアの戦士。勇猛さで知られる。

(2) 聖書では腎臓は感情、愛情などの座とされている(『詩篇』16章7節、『黙示録』2章23節)。

小鳥が強風に向かって羽を整えるように、
わたしは時の嵐に向かって身支度する、
舵につき、縮帆する、
真昼と同じように夕べにもその声に従う。
「謙虚に信心を保ち、恐れを振り払え、
無事にまっすぐに進んでゆけ。
港は、航海するに充分値し、もう近い、
波はすべて魅了されて静か。」

第5章　四行詩と翻訳詩

雄弁家

手を持ち合わせない者は、
どうしても舌を使わねばならぬ。
狐は実に狡猾、
強くないからだ。

＊Orator（*M*）

詩　人

火のような思想を
単純な言葉の衣に包むとうまくいく、
天才の技とはいまでも
王に雑草の仮面をつけることなのだから。

＊Poet（*M*）

植物学者

汝の学者の仕事に向かえ、
わたしは春の花のところにとどまる。
汝は幾つもの時代に訊くがよい、
この数時間がわたしにもたらしてくれるものを。

＊ Botanist （*M*）

アルクィンの言葉から

海は勇者の道、
小麦の蒔かれた平野の前線、
流れが巻き込まれていく穴、
そして雨の源泉。

＊ From Alcuin （*M*）
Alcuin（七三二―八〇四）イギリスの神学者。シャルルマーニュ（カール大帝）の宮廷で学芸の中心であった人物。

厄年

わたしは歳をとってもより賢くはならず、
悲しみによって器用にもならない。
人生は本の最初のページで彷徨っている、
ああ！　わたしたちがそのページを繰ることができるなら。——

「昨日、明日、今日」

前の時代は輝いている、次の時代は希望をもって見られる、
今日はその間で注目もされず、哀れにもこそこそ逃げ行く。
「未来」も「過去」も、より豊かな秘密を宿しているわけではない、
おお、友達のない「現在」よ！　おまえの胸の内以上には。

＊ Climacteric （*M*）
「大厄」は六三歳を指すが、厄年は人生のどのような転機にも使える。

＊ *Heri, Cras, Hodie* （*M*）
『サミュエル・ピープスの日記』中のチェスター大主教の逸話によると、彼は屋敷に代々の所有者を示す「昔」「昨日」「今日」「明日の所有者は知れず」という四つの盾をはめ込んだ（*PN*）。

ミケランジェロ・ブオナローティによるソネット

* Sonnet of Michael Angelo Buonaroti (*M*)
最初ミケランジェロについての講演(一八三五年)のためにイタリア語の詩集の翻訳を試みた。この詩には一八五九年の草稿がある(*PN*)。

彫刻家の夢が、
大理石の白い塊のなかにない形を
彫り出すことは決してなかったが、そのなかの形は
確実で大胆な、しかしなお、精神には従う
手のみが発見することだろう。
だから、おまえのなかに隠すのだ、神々しい貴婦人よ、
わたしが避ける悪を、わたしが主張する善を。
わたしは、ああ! よく生きているとはいえない、
努力して向かう目標を見逃していては。

愛も、美の誇りも、
「幸運」も、おまえの冷たさも、わたしは叱れない、
もし、おまえの心のなかに死と憐れみの両方が住んでいるときに、
わたしの力及ばぬ技がその生命を捉えることができず、
死と悪とを引き出すとしたら。

亡命者

ケルマーニのペルシャ語の詩より

ファルシスタン[1]ではスミレが
空に対して競い合うように、花びらを広げる。
わたしはチグリス川[2]はどのくらい遠いのかと、
そして、その岸辺に生えるブドウは、と尋ねる。

琥珀色の朝の風以外、
わたしに挨拶する者はここにはいない。
バグダッドじゅう探しても
亡命者を元気づける恋人はいない。

おお、朝の風よ！　おまえが
ケルマーン[3]の牧場の上に吹いていることをわたしは知っている、
そして心を暖める夜鳴き鶯《ナイチンゲール》よ！　おまえが

＊The Exile（*M*）
ハージュ・ケルマーニ（一二八〇―一三五二）はイスラム教スーフィズムの詩人で、ハーフィズと同時代人。
　ヨゼフ・フォン・ハンマー゠プルクシュタールによるドイツ語の『ペルシャ芸術史』に付された「神秘的なペルシャ抒情詩」からの翻訳だが、第三連と最終二行だけが原詩を保っている（CW）。
（1）イラン南西部。現在のファールス州、州都はオアシス都市シーラーズ。ハーフィズやケルマーニはそこに埋葬されている。
（2）チグリス川はバグダッドから南へ、ファルシスタンの西をペルシャ湾へ流れ、詩の語り手の家路を示している。バグダッドは一二五八年、モンゴル人の侵入者により完全に略奪され、その後数世紀の間、土地の人には楽しい所ではなかっただろう（CW）。

わたしの父の果樹園を知っていることも。

商人は値のはる品物や
海に洗われた岸から届く宝石を持っている、
王子たちはわたしに厚情を示し、
シリアの地に留まるように言う。

しかし、金《きん》は何のためにあるのか、贈り物にできないなら、
そして愛がなければ、昼も暗い。
かくして、わたしがバグダッドで見るのは、
わたしを遠くへ流し去るチグリス川だけだ。

コヒスタンのサイード・ニメトッラーの歌

［イスラム修道僧の宗教習慣のなかに、天体の舞踏があり、僧は天体の動きを真似て、自分を軸にして旋回する。そのとき、同時に、太陽を表わす、中心にいる教主《シーク》の周りを回りもする。そして旋回しながら、コヒスタンのサイード・ニメトッラーの歌を歌う。(1)］

（3）ケルマーン州の中心で、ファルシスタン州の東。

＊ Song of Seid Nimetollah of Kuhistan (*M*)
ヨゼフ・フォン・ハンマー゠プルクシュタールのドイツ語訳「神秘的なペルシャ抒情詩」からの翻訳（*M*）。サイード・ニメトッラーは一五世紀初めにスーフィズムの教義を論じたが、抒情詩集によって最もよく知られている。コヒスタンは、イラン東部中央ケルマーン州の町（*N*）。

（1）エマソンはこの前書を訳すさい、舞踏の神秘的な意味よりも、形式に注目している（*CW*）。

球をくるくる回せ！　わたしは糸巻きのように回る、わたしは燃える、
頭と足とを見分けられない、
わたしの心臓とわたしの愛も、
ワイングラスとワインも。
わたしのすること、しないこと、すべて
わたしの認識に達することはない。
渦巻く天球のなかで我を忘れ、わたしは彷徨う、
そしてわたしは愛しているということだけがわかるのだ。(2)

わたしは石を探している、
ソロモンの生きている宝石を。(3)
多くの魂が到着した岸から、
感覚の海にわたしは潜った。
しかし、陸がなんだ、あるいは、波がなんだ、
宝石だけを恋い求めているわたしにとって。
愛は、空気を食べる激しい火だ、
そしてわたしの心は乳香だ。
濃厚な沈香が燃えるように、わたしは輝く、
しかし、つり香炉のことはわからない。

(2) 修道僧団は神へ至る道として普遍的な愛を強調した（CW）。

(3) ソロモン王の指輪はスーフィズムの詩人の好む比喩。失われた宝石を求める旅は、叡智（グノーシス）を回復する旅でもある（CW）。

わたしはすべてを知っているが、しかし、知っていない。
わたしは進み続け、立ち止まることも、休むこともない。

わたしに、法典教職者《ムフティー》のように、
コーランを暗唱せよと求めるな。
なるほどわたしは甘美な意味を愛するが——
その本を踏んで踊るのだ。

見よ！　神の愛はより高く燃え上がる、
そしてついにすべての差異は消えてしまう。
イスラム教徒とはなんだ、非イスラム教徒とはなんだ、
すべては「愛」のものだ、そしてすべてはわたしたちのものだ。
わたしは真の信者を抱きしめる、
しかし、欺く者は意に介さない。
わたしの胸はしっかりと天にはりついている、
それより劣ったもののことは気にしない。
かなた下方の地上では、地面では、
人々がどんなおしゃべりしているのか、わたしは知らない。

エマソン概説

藤田佳子

（1）

アメリカで最初の「誰もが知っている知識人」ラルフ・ウォルドー・エマソン（一八〇三―一八八二）は、その思想と文学によって広範な影響を及ぼした。信仰上の信念から牧師職を辞したのちは、講演、エッセイ、詩を通じて当時のニューイングランドの文化的中心でありつづけた。

ところで、エマソンの本質は思想家なのか文人なのか、はいまも繰り返される議論である。前者を主張する立場は、エマソンが超越論や後年の前プラグマティズムを含む新しい思想を創出したことを挙げ、体系をもたないという批判に対しては、彼はプロセスを重視する思想家だったと主張する。一方、後者をとる立場は、エマソンが言語に深い関心をもっていた点を挙げる。とくに象徴の起源と機能を初めて説き起こし、優れた実践例を残した点が評価される。評者により重点の置き方は異なるが、エマソン自身は両面をもちあわせている。したがって、残された作品は抒情詩や叙景詩よりもむしろ瞑想詩とでも呼ぶべきものが多い。

産業革命の結果、急速に物質主義へと傾斜し、価値の転換が図られる混乱の時代（一八三〇年代、四〇年代）にあって、エマソンは間違いなく人心の再生を訴える任務を自覚していた。そしてのちに述べるように、新しい思想を提唱するのだが、精神的指導者というこの公的マスクの陰でエマソンが一方、私的心情を吐露したものが詩であった。エマソン自身「私は何よりも詩人です」と手紙に書いている。詩には使命感から解放された、率直で柔軟なエマソンが見られる。詩はのちに友人の強い勧めで出版に至るのだが、講演やエッセイとちがって本来、機関誌『ダイアル』に投稿する以外は、親しい友人、家族にのみ見せるためノートブックに書き綴られていたものだった。そこでは、エマソンが、ドイツ語訳を通じて知った中世ペルシャ詩人に深い感銘を受けたあと開拓していった、甘美な感覚の世界など、彼の新しい一面を読者は知ることになる。

エマソン思想の中核をなすものは「自己信頼」である。歴史、常識、権威すべてを排除し自分のなかの活動的魂《アクティヴソウル》に耳を傾けよとエマソンは説く。その訴えが講演「アメリカの学者」におけるイギリスへの文化依存に対する批判、「神学部講演」における形骸化した宗教への批判としても現われてくる。自己信頼はエゴティズムとは似て非なるものである。心の内奥に潜むのは神の霊である。地上のあらゆる夾雑物を取り去り心の内奥に耳を傾けたときそこに成立するものは神との対話であり、そこで獲得された真理はすなわち普遍的真理となる。自己信頼の教えは、エマソンの巧みな言語表現を通して、物質主義に同調しえぬ若者たちに大いなる励ましと指針をあたえた。アメリカ以上に、階級が厳存し閉塞感の強かったイギリスにおいてはこの思想はより大きな力をもった。二度目の講演旅行を了えて帰国する（一八四八）エマソンを見送りに来ていた若者の一人は、「あなたはわたしたちを置いて行ってしまうのですか」と訴えたと記されている（『日記』）。

エマソン思想のもうひとつの柱は自然の役割である。人間と同じく神の被造物である自然にも神の霊が宿っている。人間精神は自然に学ぶことによって成長し、自然は読みとられることによって存在意義をもつ。人間と自然の相互関係を底辺とし神を頂点とする三角形の構図が想定される。ヨーロッパ中世からアメリカ開拓時代を通じて悪の象徴に他ならなかった自然は、ここで画期的な位置づけを獲得するのだが、エマソンによるこのような自然の復権の背後には、『自然』や多くの詩に見られる、現象的自然に対するエマソンのみずみずしい感受性があることも忘れてはならない。自然を導入したことによってエマソンの思想は文学的表現に定着しえた。たとえば、代表的エッセイ『自然』では、エマソンは自然の役割を説明的に述べていくのではなく、自然に身をもってそれらを表現させる。見る人・語り手は、まず感覚的歓びから入り、その感受性を一方では保持しつつしだいに深い象徴的意味を読みとっていくのである。超越主義者のなかで思想の中核に自然を据えたのはエマソンとソローのみである。

一九五三年、既に高い評価を得ていたエマソン学者、スティーヴン・ウィッチャーの画期的著書の出版によってエマソン批評の方向が変わり始めた。青年期の革命的理想主義にエマソンの本質を見て、中・後期はその衰退期にすぎないとして軽視する従来の見方に対してウィッチャーは、「失意の理想主義者」という、新批評の時代に合致する悲劇的エマソン像を提示し、その時期に関心を向けたのである。ここで示されるエマソンは、人間を取り巻く限界をついに受容し、しかしそのうえで人はいかに生きるべきかを探索しているのである。今日ではさらに、その過程で自分の思索が実人生でもちうる道徳的・政治的有用性を追求する姿勢が注目され、プラグマティズムの萌芽が認められ始めている。「自己信頼」という新しい宗教の創始から前プラグマティズムへ、が思想家エマソンの流れである。

（2）

一方、一九七〇年代から始まったエマソン再評価の波は新しい側面にも目を向け始めた。主要なものは彼の科学への関心と社会・政治との関わりである。エマソンはハーバード在学中より既に当時の科学書を多読しており、この傾向は晩年まで続く。超越主義者は概して科学に好意的であったが、その背景には自然神学の影響のもと、あらゆる方法で自然を理解したいというかれらの熱意があった。エマソンにとって科学の第一の魅力はその法則性にあった。初期の科学関連の講演のなかで彼が賞賛をこめて紹介しているように、当時各分野で明らかにされてきた法則は、この宇宙が秩序と計画性に満ちていることを立証し、改めて神の存在を強く確証するものなのであった。もともと精神と物質の対応関係が思想の根底にあるエマソンには、物質界を支配する法則性は精神界にも共通するはずであった。科学への信頼は四〇年代末（一八四八）に英国科学者たちと親しく面談するに至っていまや確固たるものとなる。したがってその直後からエマソンはさらに明確に自然科学を手本として、まず講演のかたちで、道徳的により優れた人間の誕生を目指して自然科学を参考に精神の法則探求を試みるという難事業に取りかかるのである（「知性の科学」もしくは「知性の博物学」没後出版）。

科学のもうひとつの魅力はダーウィンに先立つ進化思想であった。第一作『自然』にすでに見るように、エマソンにとって自然界は決して静止しているわけでなく、その実体は「七月のトウモロコシ畑」のように絶えず成長発展しているのである。これはエマソンの宗教的直感であった。

単なる変化ではなくそれは自然界・人間界を包み込む、より良きものへの大きな動きであった。エマソンにとってこの信念を科学的手法を用いて具体的に表明したものが進化思想なのであった。イギリスでは「悪書」の烙印を押されたチェインバースの大胆な進化思想書にもエマソンは歓迎の感想を記している。厳密に言えば、その後いよいよ出版されるに至ったダーウィニズムの二大原理のひとつ、「自然淘汰」説はエマソンが真に理解・受容しただろうとは思えない。しかしこれは別問題である。大切なのは、エマソンなりに理解した進化思想が彼の思想と文学にいかなる影響を及ぼしたかという点である。これはエマソンの肯定的世界観を強化し、文学ではとくに詩作品に万物の変化発展の美しいイメージを残した。

社会・政治との接点に関しては、エマソンはもともと社会改革者を自認してはいたが、社会改良のためには各個人の改良が先決とみなすのが、ユニテリアンの個人重視を受け継いだ彼の信念であった。しかし一八四四年、英領西インド諸島における奴隷解放の年次祝典での講演を引き受け奴隷制の歴史・現状をつぶさに調べた結果、彼の姿勢は変化し始める。その後の活動については従来参照困難であった資料が精力的に探査された結果、エマソンがときには嘲笑や妨害を受けながらも、南北戦争突入まで奴隷制廃止のための講演を各地で精力的に続けた事実が明らかにされた。先住民保護や女性の地位向上への助力も知られるところとなり、いまや浮世離れした「コンコードの哲人」という伝統的エマソン像は修正され始めている。また、詩作品では奴隷制に対する怒りと嘆きが文学的表現を得て心を打つ。今後、エマソン、ソローにとどまらず超越主義者全体についても、社会との接点から再考が進むのではないかと思われる。

文人エマソンの評価は、優れた叙景詩や象徴言語、および、これは当時は批判の的であったのだが、内容重視による伝統的詩形の打破という革新性にある。しかし今後のエマソン考察にとってもっと興味深い点は、エマソンの芸術面に注目したジョナサン・ビショップの指摘を嚆矢とする、語りの複雑さであろう。この特徴は同時代の詩やエッセイと比較すれば容易に実感できる。エマソンの多くのエッセイにおいて、ペルソナと呼んでよい作者の第二の自己が登場する。ペルソナはそれぞれ独特の個性を備え、それに応じた語り口をもちそこには聴き手を意識した演技すら紛れ込む（「円」など）。さらに、エマソンの巧みなトーン操作が発話のなかに言外の意味を滑り込ませ二重の声を響かせることも多い。ペルソナの存在は詩においてはより明確である。そしてペルソナの登場に呼応して作者・語り手の声も独自に浮上し、たとえば「スフィンクス」においては、主役スフィンクス、詩人、および語り手エマソンのあいだの距離が興味深い論点となる。このように、少なからぬエマソン作品はナラトロジー的分析にも耐える特質をもっている。

最後に総括すると、エマソンの思想と創作を基本的に特徴づけるものは〈流動〉である。思想において「停滞は死につながる」、想像力の特質は「凍ることではなく流れることにある」と信じるエマソンは、人間をも含む宇宙の大きな流動のなかで思索、創作することを理想とした。これは、心身を研ぎ澄まし万物を流れる神聖な霊気に身を任せ、直観に導かれて書くとでも言い換えうる。そして読者をもそのエマソンの心の動きに招きいれようとする。あらかじめ用意した結論に向かって理路整然と論述が進むことは決してない（このことと、エマソンが作品として推敲を重ねたこととは矛盾しない）。エマソンを読むとき困難を覚えるのはこのためである。しかし一方、ペルソナの箇所でも触れたように、エマソンの内面の動きは自在に言語化されて語りの七変化とでも言いうる様相を生み出す。詩作品においても、読者は明確な結論を期待するのではなく、詩人の想像力の流れに同行することが求められる。かように、〈流動〉に身を投ずるときわれわれは真にエマソンを理解し楽しむことができる。

エマソンの詩

小田　敦子

エマソンは生涯にわたって実に多様な形式で、詩を書き続けた。読者が必ず目にするエマソンの詩は、エッセイの冒頭におかれた題辞であろう。普通なら他人からの引用を使う題辞に自作の詩を使い、それが必ずしもエッセイの理解を助けないので、読者は詩人エマソンに当惑する。しかし、エマソンにとって詩が重要な形式なのだろうということはうすうすわかる。ここで懲りずに、題辞以外の詩を読めば、題辞の意味も、そしてなによりも、エッセイを読むうえで助けになるというのが、この訳詩集を上梓した第一の理由であった。そしてエマソンの詩論としてはエッセイ「詩人」が有名だが、エマソンの詩自体にもロマン派が詩語の軛から解放されたような現代的な明るさがあり、とりわけ光や空気の移ろいを印象派のように捉えた描写など、イメージの美しさを共感できる詩が少なくないということも大きな理由だ。

エマソンは当時の世相から自然科学・文学まで、幅広い主題で講演し、それをエッセイ集として出版したが、言いたいことは唯ひとつ、「私人の無限性」であった。それが人々を鼓舞し、「普通の庶民」を標榜して民主主義を主導したジャクソン大統領をエマソン自身は支持してはいなかったが、民主主義や個人主義の思想的根拠として、エマソンは国民的イコンになった。また、ロマン主義以後の文学の清新な源泉として、その影響力は、H・D・ソロー、ホイットマン、ディキンスン、W・ジェイムズ、ニーチェなど画期的な文学者や哲学者の作品に見ることができる。しかし、現代の読者がエマソンの作品からそれを実感することは簡単ではない。

エマソンの作品集には、彼の本領であるエッセイに「散文詩」と批判される読みにくさがあるためか、普通なら背景の資料である日記からの抜粋が添えられることがある。同様に、エマソンの詩はとりわけ、エッセイに現われる自然についてエマソンがどう考えたかを教えてくれる。エマソンの詩人としての成熟は、第一作で代表作である『自然』（一八三六）を執筆していた時期に重なり、それはまた彼が自然科学に強い関心をもち始めた時期でもある。

自然をめぐるエッセイ

エマソンの説く「私人の無限性」は、芸術や政治、文学、家庭に関するものであるかぎり、真理として歓迎されたが、こと宗教になると「私人」に内在する神性とも言い換えうる考えは人々に衝撃を与えた。人の「精神」が本来もつ力を考察しようとして始まった論が「自然」というタイトルに行き着いたエッセイ『自然』は匿名で発表されたが、「汎神論」として激しい批判を招いた。エマソンの自然観は、「山川草木悉有仏性」と考える仏教徒には受け入れ易いが、伝統的カルヴィニストのみならず、キリストを神ではなく人だと考えるユニテリアンや超越主義者の友人たちからも非難されたという。その混乱は現在にも続き、『自然』は多様な解釈を生む謎の多い作品であり続けている。

エマソンの詩を読むと、キリスト教と汎神論が錯綜する議論のなかで自然に向けられたエマソンのまなざしにふと注意が向く。『自然』の第一章、自然と一体化した忘我の状態を表わした「私は透明な眼球になる」という一文は、友人の手になる「一つ目紳士」の風刺画により人口に膾炙したが、その一節の最後をエマソンはこうまとめている。

野生の自然のなかにいると、私は街路や村にいるときよりも、なにかもっと親愛な性に合うものを感じる。静穏な景色のなかに、特に、遠い地平線に、人はなにか彼自身の本性と同じように美しいものを見る。

ここで使われている「性に合う」という言葉 connate は、初出の語を例文とするオックスフォード英語大辞典にも引用され、エマソン的な用語であることがわかる。カルヴィニズムの教義「生まれながらの堕落」の innate という言葉を意識して、それに似た、動植物学の用語でもある connate を『自然』の著者は選んだ。目と地平線がともにもつ曲線は、ミクロコズムとマクロコズムの対応を示す印だが、エマソンは自然学者でもあった思想家、ベーコン、スウェーデンボルグ、カントなど物質を基礎として考えた先人に倣いつつも、さらにキリスト教の枠組みを越えようとしていることを connate という言葉は示している。

そしてこの語の選択の背景は、のちに『エッセイ第二集』(一八四四)に収められた同題で別のエッセイ「自然」において、「自然の長大な周期性・世俗性」という観念によって明言される。

地質学はわたしたちに「自然の長大な周期性」の秘法を教え、わたしたちに簡単な読み書き塾の尺度を不用に、モーセやプトレマイオスの説を自然の大きなスタイルに取り換えるよう教えた。……いま、わたしたちは岩が作られる前に、そして岩が割れ、最初の地衣類が最も薄い外側の岩盤を崩壊させ土にし、遠い先の植物、動物、農業の女神ケレス、果樹の女神ポーモーナが入ってくるためのドアを開く前に、どれほど忍耐強い時間が回転しなければならないかを学んでいる。

人間が誕生するまでの自然の時間経過を指す「長大な周期性」と訳したsecularityは、普通は「世俗性」という意味で使われる言葉だ。エマソンは明らかに二重の意味を意識して、教会から離れる自身の立場を説明している。進化論はじめ現代につながる科学上の発見に刺激されて、エマソンは人の「無限性」の根拠を、「生み出す自然」の「法」、あるいは、その「生成力」という「自然」由来のものに見出すことで、一九世紀のアメリカにふさわしい「精神」を表現しようとする。どんな人も、その存在を宇宙とともにしている、そのような無限性と普遍性を人の神性の根拠にしようとした。このような「自然の長大な周期性／世俗性」、自然に由来する人間という存在への関心が、すでに『自然』と前後して書かれた詩には表明されている。

博物学への関心

この訳詩集のなかでは、「ロードーラ」、「個と全体」、「吹雪」、「クセノファネス」が『自然』以前、最も初期に書かれた詩であるが、特に「ロードーラ」はエマソンの自然への関心を決定的にした体験のまっすぐ延長線上にある詩だ。一八三三年に訪れたパリ植物園の大標本室でさまざまな生物の標本を見たときの直観、「まさにそのサソリたちと人間との間の神秘的な関係」に打たれ、エマソンは「わたしは博物学者になる」と決意し、帰国後、植物学の勉強を始める。そして博物学と人間の歴史を結びつけるものとして本格的に詩を書き出す。エマソンの詩はこの長い時間をかけてゆっくり変化してきた自然と人間との「神秘的な関係」の表現であり、『自然』が再出版されたときには、プロティノスからの引用に代えて、以下の自作の詩を新たな題辞に使った。

無数の環の巧緻な鎖が
隣の環をもっとも遠くの環につなげる。
目はどこを向いても前兆を読み、
バラはあらゆる言語を話す。
そして人間になろうと奮闘して、虫は
形態のらせん階段をすべて登っていく。

エマソンは「博物学者になる」と言うことで、進化の頂点にある人間が、宇宙の有機的な連関のなかで自然に由来する存在として位置づけられることを喜ばしい真実として発見した。人間は「大地と空の公共の子供」（「森の音I」）であり、その魂は「豊富な全体から調合された」（「美への頌歌」）ものだ。「バラはすべての言語を話す」というような表現は、自然と精神の間には「表象関係と対応」があることをエマソンに教えた神秘家スウェーデンボルグ譲りのオカルト的表現のようにきこえる。また、エマソンの博物学はリンネの他との違いに基づく分類よりも、ゲーテの「メタモルフォシス」のような、生成変化する植物と人間の精神との相互的な関わりや対応への関心を深めていくが、その基本はオカルトというよりは地質学に基づく「自然の長い周期性／世俗性」への「意識」である。

エマソンにとって意識は創造的なものであり、周囲の事物に働きかけそれとの関係を表明することで現われる。思考が先行するが、その思考は物質なしには現われえない。精神の物質性がエマソンの観念論の特徴であり、詩人エマソンの特徴になる。たとえば、スウェーデンボルグと自身の違いを以下のように述べる。

彼の自然認識は人間的でも普遍的でもなく、神秘的でヘブライ的だ。彼はそれぞれの自然をある神学概念に固定する――馬は現世的理解、木は知覚、月は信仰、猫はこれ、駝鳥はあれ、アーチチョークは別のこれと、あらゆる象徴をいくつかの教会用の意味につなぎとめる。手をすり抜ける海神プローテウスはそう簡単につかまらない。自然においては、個々の象徴は無数の役を演じる。それは物質の微粒子が順にあらゆる組織のなかを循環するのと同じだ。中心にある同一性のために、ひとつの象徴が現実の存在がもつすべての質と陰影を、つぎつぎ表現できる。天の水を移送するときには、どのホースでもどの給水栓にも合う。

（『代表的人物』第三章「スウェーデンボルグ・神秘家」）

スウェーデンボルグの「ヘブライ的」な象徴主義への批判は、エマソンが牧師を辞任した理由となった聖餐式においてパンと葡萄酒を使うことへの違和感にも通じるものだ。キリストの時と場所においては意味のあった象徴的な行為だが、それが一九世紀のアメリカでそのまま踏襲されることにエマソンは疑問を呈した。しかし、会衆は儀式の続行を望み、エマソンは職を辞した。キリスト教の象徴に挑むことで、そこから解放されることで、エマソンの新たな、詩人としての成長は始まった。

『自然』の冒頭でエマソンは過去に囚われるのではなく、自然の「生命の流れ」に身を浸し身内に感じて「宇宙と直接の関係をもつこと」、そして「わたしたち自身の仕事、法、礼拝を要求しよう」と呼びかけた。『自然』の題辞については前述したが、詩集にエッセイの題辞を集めた章をエマソンは「元素(Elements)」と呼んだ。それは、地水火風など世界の「基本物質」を表わす言葉であり、また、聖餐式のパンと葡萄酒を表わす言葉でもあった。それはつまり、エマソンの作品、エッセイと詩が、パンと葡萄酒に代わる生命の元素、霊的精神の象徴を示そうとする行為であったということだろう。自然は「形態の海」(「美への頌歌」、『自然』第三章)なのだから、象徴になるものはいくらでもある。その考えがスウェーデンボルグ評の後半で述べられている。そしてここにも岩が砕けて、その微粒子が植物、そして人間のなかを循環していくという「生み出す自然」が物質に体現する「生命の流れ」の考えが反映している。

エマソンの詩は、エッセイや講演では読者のキリスト教的言語理解を尊重する必要から明言されえない非キリスト教的な自然観を明らかにする。エマソンは「彼らがキリスト教と呼ぶものを、私は『意識』と呼ぶのだ」と日記に書いた。人に内在する霊性は、人と自然をともに貫く「生命の流れ」にあり、それゆえそれは「天の水」と呼ばれもする。エマソンは自然の事物を貫くその

「同一性」に人格神に代わるものを認め、この「力」あるいは「法」を意識した体験を詩にした。そのためエマソンの詩はすべて「同一性」の「換喩」（「ゆりかご」で「誕生」を表わすような比喩）の構造をとることになる。

「同一性」の詩と詩論

「自然」にある「同一性」の詩を書き続けたということは、深くキリスト教の思想と教養のなかで育ったエマソンにとって、「神」に代わる「力」の真実性は絶えず問い返してみる必要のある重大な問題であったということだろう。「手をすりぬける海神プローテウス」のような表現、詩の題にある「先駆けの走者」、「日々」に登場する「偽善的な」という形容詞、そして「訪問」のすばらしい警句、「もし『愛』がその瞬間を越えた長居をすると／『憎悪』のすばやい撃退が始まる」等はみな、その「同一性」の捉え難さへの言及と言えよう。

シェイクスピア、ミルトンはじめ確固たる伝統のあるイギリスの詩人に比べると詩人エマソンの評価の低いことは本人も認めている。しかし、エマソンの思想の革新性ゆえに、詩の形式においても革新性を発揮したことにも注目したい。韻律は不規則で、英詩人で批評家マシュー・アーノルドも指摘したように、主語と目的語の区別がわかりにくい、一読意味のとりにくい詩だが、日常的な言葉が捉える鮮やかなイメージ、卓抜な比喩など思考を感覚的に楽しむことができ、詩そのものにも捨て難い魅力がある。

エマソンの理想の詩人は古代ケルト族の詩人「マーリン」など、岩や木や動物、周回する星という自然とともに生き、自然との直接の関わりによって人間の原初的、本質的な生命の形を、自然をシンボル化した「ものである言葉」で表現することができた人々だ。エマソンの詩論はエッセイ「詩人」（『エッセイ第二集』）に集成するが、そこで展開されるさまざまな議論のなかで、ここでは詩の言葉と形式に関して重要な二点を挙げたい。まず、韻律についての革新的な提言。

詩を作るのは韻律ではなく、韻律を作る議論だ——思考は情熱的で生きているので、植物や動物の精気と同様に、思考はそれ自身を建築物にし、自然を新しいもので飾るのだ。思考と形式は時間の順序においては同等だ。しかし、生成の順序においては、思考が形式に先立つ。

そして、スウェーデンボルグ批判の根拠となった象徴としての言葉について。

すべての象徴は流動的だ。すべて言語は乗り物であり過渡的であって、運ぶのに適した渡し船や馬のようなもので、定住するための農地や家ではない。

動植物の精気にあたるような人間の「思考」、その両者に共通するのは自然の生成力であり、エマソンは「成っていく」世界に生きており、自然のメタモルフォシス、変身、移行を引き起こす根源的な「力」について関心をもち、それがさまざまな事物に現われる姿からその本質を捉えようとする。そういう意味では、エマソンの根本は「思考が形式に先立つ」観念論者であるが、その力を言葉のリズムをはじめとした「ものである言葉」で表わそうとしたという点では形式を重視してもいる。ちなみに、エマソンの講演を聞いた人の多くが、音楽のようにいつまでも聞いていたい声（バリトン）に強い印象を受けていたようだ。

『エマソン詩選』の構成

この訳詩集は、エマソンの詩作の全体が見渡せるような構成を試みた。生前三冊の詩集を出したが、最後の『選詩集』（一八七六）は「エマソン工場」と呼ばれる娘のエレンと、昔からの友人キャボットの助けを借りて改稿編集されたもので、本訳詩集では、一八四六年（奥付では四七年）ボストン初版の『詩集』と、『五月祭その他』の初版（一八六七年、「日々」については再版の字句修正を採用）から選集などに採録されることの多い詩を中心に集めた。そしてそれを「身近な自然と言葉」、「同時代の場面」、「風景」、「詩人の仮面」、「四行詩と翻訳詩」というタイトルの下に緩やかな分類をした。

「身近な自然と言葉」のなかには、一日に七時間くらい歩いていたというエマソンの散歩を彩るコンコードの自然や生き物、日常語になった精神的価値についての詩を集めた。コンコードはボストン近郊の、現在でも緑滴る美しい町で、エマソンは自分の詩がコンコードの自然と深く結びついていると自覚していた。隣人であった小説家のホーソーンは「牧師であったにもかかわらず、日曜日を森で過ごすしかないエマソン」とエマソンの森での宗教的体験をからかっているが、エマソンが取り上げるのは誰もが体験するごく日常的に起こる日常の超越だ。「マルハナバチ」では、ついハチを追いかけてしまったときの楽しさを、「個と全体」では、海辺で見つけた貝殻を家に持ち帰ったときの、あのきれいな貝殻はどこへ行ったのだという失望を、そして「日々」では朝の超越への希望が昼の現実に忘れられてしまうことを、等々身近な事象がもつ意味をユーモラスに語る。

「同時代の場面」はエマソンの生涯の出来事、当時の世相、交友関係などが年代順に概観できるような詩を集めた。「問題」は教会を離れる理由に関わるものだが、超越主義者たちの機関誌『ダイアル（日時計）』が女権論者でドイツ語の翻訳家マーガレット・フラーを編集長として発刊されたとき、エマソンはその巻頭言を書くとともに、この詩を寄稿した。エマソンは牧師時代から若者に人気があったが、一八四〇年代になると老若男女がコンコード詣でをしていた。フラーをはじめエマソンには女性の信奉者が多くいたことは、「訪問」から垣間見える。

エマソンが自然への傾倒を強めていく時期は、最初の妻、二人の弟たちを次々亡くしていく時期にも重なる。哀悼は人が詩を書く大きな動機だが、エマソンの詩にも挽歌の比重は大きい。一八四二年一月には五才の長男ウォルドーが猩紅熱で急死する。最愛の息子の死への省察は、エッセイの傑作「経験」（『エッセイ第二集』）でも詳述されるが、「哀悼歌」ではエマソンの悲しみはより率直に表わされている。生前のウォルドーの愛らしい姿、死後の周囲の混乱の描写が詳細にたどられ、エマソン自身の心情についてはこう書かれた。

おまえを運び去ることに熱心な運命は
わたしのいちばん大きな部分を奪ったのだ。
というのもこの喪失は真の死だからだ。
これは王者たる男の崩御、
これは彼のゆっくりとではあるが確実な崩落、

星ひとつまたひとつ彼の世界を諦めていく。

息子の死の衝撃は、自然の無限性とつながった「私人の無限性」、「自己信頼」を謳ったエマソンの生命感をも奪った。「王者たる男の崩御」以下の表現にはエマソンを高揚させた、人間にたどり着くまでの「自然の長大な周期性」が逆回転していくような崩壊感に打ちのめされたエマソンがうかがえる。それはまた古代の詩人が名づけることで世界を創っていったのと逆の喪失感、孤独であり、およそいわゆる「エマソン的」ではない意識の状態にあることがわかる。

エッセイの抑制的に分析する意識とは別に、詩ではこのあとに、「深い『心』は答えた、『おまえは泣いているのか』」という問いかけに始まり、涙への言及が最後まで繰り返されるように、感情的に深く揺さぶられている。「哀悼歌」は死の直後から二、三年にわたって書き継がれたと考えられているが、「深い『心』」への言及は、エマソンの意識の底から湧きあがる変化、「霊的精神」の鼓動の前景化であり、詩もそれ以降は自然の法を再確認する方向へと、展開していく。

費やした行ないではなく、いま行なっていることによりできたもの。
すばやい「主」は
なお修復中の壊れた組織に音もなく突進する。
……
神のなかで失われたものは、神の精神のなかで見つかるのだ。」

用語はキリスト教的だが特に最後の一行には、「神」という観念のエマソン的転換が垣間見える。この回復への過程に、エマソン的な「すばやい『主』」とは「いま行なっている」ことのなかに現われている「霊的精神」であり、それは自然のつねに働いている「生成力」として実在するということがよく表われている。過去ではなく、「いま行なっていること」によって世界も自分自身も創られていくというエマソンの現在・未来志向もよくわかる。

この訳詩集には収めなかった第二詩集の題詩である「五月祭」は六六三行にもなる長い詩で、ニューイングランドの春を描きたいという望みをエマソン自身満足のいく形で表現できなかったと考えていたものだが、この詩もまたウォルドーの哀悼歌と読める。一月末に亡くなったので、その年の春はひときわ哀切なものであっただろう。しかし、亡くなった時期にかかわらず、春になると死者が思い出されるということは、誰にも起こる。そのようなごく日常的な体験に、エマソンの超越主義の基盤はある。春の喜びと物思いは同じもので、それは「私人の無限性」につながる感覚だ。エマソンは一八八二年の早春、散歩中雨にあって風邪をこじらせ、肺炎で亡くなった。

詩についての詩

「風景」と「詩人の仮面」の章は詩人としてのエマソンに焦点をあてた詩を集めた。「吹雪」はエマソンの詩のなかで最もよく知られたもので、自然の生成力と詩人の創造力との関係が、吹雪のもつ人を興奮させるリズムを伴う「韻律を作る議論」によって見事に展開されている。「森の音II」では松が「霊的精神」を代表して詩人に宇宙創造論を語りかける。木が語ることをばかばかしいとする評もあったが、詩全体が詩人の何層にもなる「意識の流れ」として表現されているとも考えられる。エマソンは松の「音」を「音符」あるいはチュートン族の最初期のアルファベットである「ルーン文字」と呼ぶ。普通の言葉ではなく、自然に即した、何語にも翻訳可能な潜在的な普遍言語を志向していると考えると、意外に新しい今日的な意識である。エマソンは人間が存在する以前の世界の生成を想像しようとする。

ものがものに返す
やさしくひそかな助けを喜んで、

松の木は「もの」の時代の代表者として、「もの」に現われる「やさしくひそかな助け」によって創世が始まったこと、その「助け」が最終連では宇宙を支配する「意識を有する『法則』」と言い換えられるように、人間と自然とが「ともに知っている」(「意識」の語源)生成の法則が復権すること、生成を人間に想起させる議論が詩であることを詩人に教える。この詩はエマソンの宇宙創造論であり、生命論、それゆえ、詩論でもある。

エマソンの詩に必須の「議論」の構造を「詩人の仮面」は明示的に示している。キリスト教の文脈では神に帰する「同一性」について、エマソンは古代ギリシア、インド、中国からペルシャ、中世・近代のヨーロッパと、古今東西の思想を渉猟したことが、詩のタイトルからうかがえる。その議論の構造をさらに強調する詩が「スフィンクス」である。エッセイの題辞に相当するように、詩集の冒頭にこの詩を置くことをエマソンは好んだ。

西洋的自然観の大転換に関わる謎を解くために、エマソンは詩を書き続けた。「詩はすべて時が始まる前に書かれていた」（「詩人」）と言うように、そのひとつのものの表われはさまざまである。人はそれぞれその「同一性」の受動体であり、それを生成する主体でもある。エマソンは「自然」にこそ多様な人々に「共通の富」（共和国・コモンウェルスの原義、エッセイ「詩人」より）が見出されると信じた。「性に合う」詩を見つけていただければ嬉しい。

＊

日本では大正時代にエマソンの詩の選集が出版されて以来、「吹雪」、「バッカス」など代表作が選集に収められることはあったが、今回はじめて翻訳された詩が多い。翻訳にあたっては、訳者四人それぞれの下訳を野田以外の訳者三人で推敲するというかたちをとった。科学研究費補助金による共同研究（JSPS科研費 15520167, 18520193, 22520239）の第二期から、毎月、武田雅子研究室に集まり詩の翻訳を始めたので、ここまで十年余りかかったことになる。読者諸賢のご叱正を賜りたい。海外共同研究者として、アニタ・パターソン・ボストン大学教授、サラ・ワイダー・コルゲート大学教授から有益な助言を得た。この共同研究に関心をもってくださったアメリカ文学会の皆さんにも励まされた。ハーバード大学版『エマソン選集』の『詩』の巻が出たことも翻訳には幸いだった。この選集全体の編者でもあるロナルド・ボスコ・ニューヨーク州立大学教授からは、詩の翻訳に向けて大きな励ましを得た。三重大学人文学部からも二〇一二年度出版助成（研究費）を受けた。三重大学名誉教授廣瀬英一先生には翻訳原稿についてご助言いただいた。そして幸運な偶然で、エマソン訳詩集案が未來社の西谷能英社長のお目に留まり、出版が実現した。

記して感謝したい。多くの読者が読んでくださることで、エマソンの詩やエッセイの意味がさらに発見されていくことを願っている。

エマソン年譜

一八〇三年　五月二五日、ボストン第一教会牧師ウィリアム・エマソンとルース・ハスキンズ・エマソンの第四子として、ボストンに生まれる。第一子フィービーは一七九八年生まれ（二歳で死去）。第二子ジョンは一七九九年、第三子ウィリアムは一八〇一年生まれ。
一八〇五年　四月、弟エドワードが生まれる。
一八〇七年　四月、知的障害をもって弟バルクリーが生まれる。兄ジョンが結核で死去。
一八〇八年　一一月、弟チャールズが生まれる。
一八一一年　二月、妹メアリが生まれる。五月、父死去。叔母のメアリ・ムーディ・エマソンが数か月間、子供の世話を補助する。
一八一二年　ボストン・ラテン語学校入学。
一八一四年　叔母メアリが家族と同居、カルヴァン主義的な気質と独学による教養がエマソンに強い影響を与える。四月、妹メアリ死去。一一月、一家はエマソンの祖父が建てたコンコードの牧師館に移る。
一八一五年　一家はボストンに移る。
一八一七年　一〇月、ハーバード大学に入学。
一八二一年　八月、ハーバード大学を卒業。兄ウィリアムがボストンで経営する女学校で教える。
一八二三年　一二月、兄ウィリアムが神学研究のためドイツへ行ったあとの女学校を引き継ぐ。
一八二五年　二月、ハーバード大学神学部大学院に入学。
一八二六年　一〇月、叔父の教会で最初の説教をする。一一月、肺を病み、サウスカロライナへ船出する。
一八二七年　一月、さらに南、フロリダへ移動。六月、ボストンに戻り、各地の教会で説教する。一二月、ニューハンプシャー州コンコードで、妻となるエレン・タッカー（一八一一？―一八三一）に出会う。
一八二八年　一二月、結核を病むエレンと婚約。
一八二九年　三月、ボストン第二教会の牧師に任命される。九月、コンコードでエレンと結婚。
一八三〇年　三月、フィラデルフィアに療養に行くエレンに付き添う。一一月、ボストンに戻る。一二月、エドワードはプエルトリコへ療養に行く。
一八三一年　二月、エレンが結核で死去。一二月、弟チャールズが療養のために、プエルトリコへ行く。
一八三二年　九月、聖餐式を行なわない理由を説教「主の晩餐」で伝え、辞職が認められる。一二月二五日、ヨーロッパへ旅立つ。
一八三三年　二月、マルタ島に上陸、健康を回復し、イタリアを北へ旅する。六月、パリに滞在、七月、イギリスへ。詩人コールリッジ、ワーズワース、哲学者ジョン・スチュワート・ミル、評論家カーライルに会う。一〇月帰国。ボストン第二教会他各地の教会で説教する。一一月、ボストンで最初の公開講演「博物学の効用」を行なう。
一八三四年　三月、二番目の妻となるリディア・ジャクソン（一八〇二―九二）と出会う。一〇月、プエルトリコにいたエドワードが結核で死去。母とともにコンコードの牧師館に移る。
一八三五年　一月、リディア・ジャクソンと婚約。最初の連続講演「伝記」をボストンで始める。七月、コンコードに家を買う。九月、プリマスでリディアと結婚。
一八三六年　五月、チャールズがニューヨークで死去。七月、ゲーテの翻訳者で女権論者マーガレット・フラー（一八一〇―五〇）の三週間の訪問を受ける。九月、『自然』を匿名で出版する。のちに「超越主義クラブ」と呼ばれる会が始まる、一〇月、息子ウォルドーが生まれる。
一八三七年　八月、ハーバード大学φβκの学生に「アメリカの学者」を講演、九月に出版される。ハーバードを卒業してコンコードに戻ったヘンリー・デイヴィッド・ソローと友人になる。

一八三八年　四月、ヴァン・ビューレン大統領にチェロキー・インディアンの強制移住に抗議する公開書簡を書く。七月、ハーバード大学神学部大学院で講演をし（「神学部講演」）、キリスト教を冒瀆するものとして大論争を引き起こす（八月に出版）。ダートマス大学でも講演。

一八三九年　一月、最後の説教をする。二月、娘エレン・タッカーが生まれる。ケンタッキー州でユニテリアン派の牧師が発行する雑誌に、二篇の詩「個と全体」、「マルハナバチ」を寄稿する。

一八四〇年　七月、フラーとともに『ダイアル』第一巻第一号を編集し発行する。詩の頁に「問題」を寄稿。一八四四年までに同誌に二四篇の詩を掲載する。

一八四一年　三月、『エッセイ第一集』出版。ソローがエマソン家に住み込む。八月、メイン州の大学で「自然の方法」を講演。一一月、娘エディスが生まれる。

一八四二年　一月、息子ウォルドーが猩紅熱で急死。二月、はじめてニューヨークで講演をする。ヘンリー・ジェイムズ・シニアと息子ウィリアムに会う。三月、『ダイアル』誌の編集長をフラーから引き継ぐ。九月、牧師館を借りるナサニエル・ホーソーンとシェイカー教徒の共同体へ徒歩旅行。一二月、ニューヨークで連続講演をし、そのうち「現代の詩」をウォルト・ホイットマンが評した。

一八四三年　ボルティモアで連続講演を始める。

一八四四年　四月、『ダイアル』の最終号を発行。七月、息子エドワード・ウォルドーが生まれる。八月、コンコード裁判所で奴隷制に反対して「英領西インド諸島における奴隷解放」について講演（米英で出版）。一〇月、『エッセイ第二集』出版（一一月にはイギリスでも出版）。ウォールデン湖畔に一四エーカーの土地を買う。

一八四五年　七月、ソローがエマソンのウォールデン池畔の土地に建てた小屋に住み始める。一二月、「代表的人物」と題した連続講演をコンコードで始める。
一八四六年　一二月、『詩集』出版（奥付の日付は翌年）。
一八四七年　一〇月、イギリスの工業都市を中心に一〇カ月の講演旅行に出る。
一八四八年　五月、二月革命後の動乱が続くパリを訪問。『アメリカの民主政治』の著者トクヴィルに会う。六月、イギリスに戻る。
一八四九年　二月、「イギリス気質」について連続講演を始める。九月、『「自然」と演説・講演』出版。
一八五〇年　一月、『代表的人物』出版。五月、中西部への講演旅行。七月、マーガレット・フラーが海難事故で死去。
一八五一年　五月、逃亡奴隷法を支持するダニエル・ウェブスターを非難する演説をコンコード市民に向けて行なう。一二月、「処世」について連続講演を始める。
一八五二年　二月、『マーガレット・フラー・オッソーリの思い出』を共著で出版。
一八五三年　一一月、母死去。
一八五四年　中西部への講演旅行を含む多くの講演を行なう。
一八五五年　七月、ウォルト・ホイットマンから『草の葉』を贈られ、賞賛の手紙を返す。
一八五六年　八月、『イギリス気質』出版。
一八五七年　一一月、『アトランティック・マンスリー』創刊号に、四篇の詩「日々」「ブラーマ」「チャーティストの不満」「ロマの少女」が掲載される。
一八五八年　『アトランティック・マンスリー』に詩「二つの川」「独り森で」や「ペルシャの詩」などのエッセイを発表。
一八五九年　五月、弟バルクリー死去。一二月、急進的奴隷制廃止論者ジョン・ブラウンの追悼式で演説する。

一八六〇年　三月、ホイットマンに会う。シンシナティで発行された雑誌『ダイアル』に一二篇の四行詩と翻訳詩「コヒスタンのサイード・ニメトッラーの歌」を発表する。一二月、『処世論』出版。
一八六二年　二月、ワシントンで講演、リンカーン大統領に会う。五月、ソロー死去。
一八六三年　一月、奴隷解放令施行の祝典で「ボストン讃歌」を発表。五月、叔母メアリ死去。
一八六四年　一月、アメリカン・アカデミーの会員に選ばれる。五月、ホーソーン死去。
一八六五年　四月、リンカーンを追悼し顕彰する演説をコンコードで行なう。ロングフェロー、ホイッティアなど評価の確立した詩人を網羅するシリーズにエマソン詩集が加わる。
一八六六年　六月、イギリスで『全集』（二巻）が出版される。七月、最初の孫、ラルフ・エマソン・フォーブズが生まれる。ハーバード大学から法学博士の学位を贈られる。
一八六七年　八〇回の講演を行ない、講演者としての絶頂期。四月、詩集『五月祭その他』を出版。七月、ハーバード大学$\phi\beta\kappa$で三〇年ぶり、二度目の講演を行なう。ハーバード大学の監察委員に指名される。
一八六八年　九月、兄ウィリアム死去。
一八六九年　一〇月、『散文作品集』（二巻）出版。
一八七〇年　三月、『社会と孤独』出版。四月、ハーバード大学で「知性の博物学」を講義。『プルターク倫理論集』に序文を書く。
一八七一年　二月、ボストン美術館の開館記念式典で演説する。ハーバード大学で二回目の講義を始めるが、体調不良で中断。四月、西部旅行に出る。ユタ州でモルモン教祖ブリガム・ヤング、カリフォルニア州ヨセミテで自然を探求するジョン・ミューアに会う。
一八七二年　七月、家が火事にあい、建て直しが必要となる。エマソンの健康と知力は衰えを増す。一〇月、娘エレンとともにイギリスからエジプトへ旅立つ。

一八七三年　二月、ヨーロッパに戻る。カーライルに会う。五月、帰国、再建された家に戻る。一〇月、コンコード図書館の開館記念式典で演説をする。ボストン茶会事件百年祭で「ボストン」と題した詩を詠む。
一八七四年　一二月、愛読する詩を集めた選集を娘エレンと編み『パルナッソス』を出版。
一八七五年　一二月、娘エレンと長年の友人ジェイムズ・エリオット・キャボット（一八二一―一九〇三）の援助を受け、『文学と社会的目的』を出版。
一八七六年　六月、娘エレンとともにヴァージニア大学を訪れ、南部では最初で最後の講演を行なう。秋に『選詩集』出版。
一八七七年―八〇年　娘エレンと友人キャボットと共同して、講演やエッセイの出版を行なう。
一八八一年　二月、マサチューセッツ歴史協会でカーライル追悼の講演。ホイットマンの訪問を受ける。
一八八二年　三月、ロングフェローの葬儀に参列。四月二七日肺炎のため自宅で死去。

参考文献

年譜作成に当たっては、凡例であげた詩集の他、以下の文献を参照した。

Bosco, Ronald A. and Joel Myerson, eds. *Emerson in His Own Time.* Iowa City: University of Iowa Press, 2003.

Emerson, Ralph Waldo. *Collected Poems and Translations.* Eds. Joel Porte, Harold Bloom and Paul Kane. New York: Library of America, 1994.

———, *Ralph Waldo Emerson.* Ed. Richard Poirier. New York Oxford University Press, 1990.

エマソン『エマソン論文集　上』酒本雅之訳、岩波文庫、一九七二年

Myerson, Joel, ed. *A Historical Guide to Ralph Waldo Emerson.* New York Oxford University Press, 2000.

Richardson, Robert D. *Emerson: The Mind on Fire.* Berkeley: University of California Press, 1995.

訳者略歴

小田敦子（おだ・あつこ）
神戸市外国語大学英米学科卒業、奈良女子大学大学院文学研究科修士課程修了、関西学院大学大学院文学研究科博士後期課程満期退学、三重大学教養教育機構教授。
主要業績：『スタインベック全集3　疑わしき戦い』（共訳、大阪教育図書、1997年）、『アメリカン・ルネサンスの現在形』（共著、松柏社、2007年）、『異相の時空間――アメリカ文学とユートピア』（共著、英宝社、2011年）

武田雅子（たけだ・まさこ）
京都大学大学院英語学英米文学専攻修士課程修了。大阪樟蔭女子大学名誉教授。
主要業績：『エミリの詩の家―アマストで暮らして』（単著、編集工房ノア、1996年）、『ソネット選集―サウジーからスィンバーンまで』（共著、英宝社、2004年）、*In Search of Emily Dickinson—Journeys from Japan to Amherst*（単著、Quale Press、2005年）

野田　明（のだ・あきら）
京都大学大学院英語学英米文学専攻修士課程修了。三重大学教養教育機構教授。
主要業績：「『手に触れる』――『バートルビー』の語りについて」（*ALBION* 第57号京大英文学会、2011年）、「『ベニート・セレーノ』の言葉遣いと語り―“Devices” in “Benito Cereno”―」（*PHILOLOGIA* 第45号三重大学英語研究会、2014年）

藤田佳子（ふじた・よしこ）
京都大学大学院文学研究科博士課程単位取得満期退学。奈良女子大学名誉教授。
主要業績：『アメリカ・ルネッサンスの諸相―エマスンの自然観を中心に』（単著、あぽろん社、1998年）、『英語文学とフォークロア』（共著、南雲堂フェニックス、2008年）、『ソローとアメリカ精神―米文学の源流を求めて』（共著、金星堂、2012年）

［転換期を読む 26］
エマソン詩選

2016年5月25日　初版第一刷発行

本体2400円＋税――――定価

ラルフ・ウォルドー・エマソン――――著者

小田敦子――――訳者
武田雅子
野田　明
藤田佳子

西谷能英――――発行者

株式会社　未來社――――発行所
東京都文京区小石川3－7－2
振替 00170-3-87385
電話(03)3814-5521
http://www.miraisha.co.jp/
Email:info@miraisha.co.jp
萩原印刷――――印刷

ISBN 978-4-624-93446-0 C0398

未紹介の名著や読み直される古典を、ハンディな判で

シリーズ❖転換期を読む

1 望みのときに
モーリス・ブランショ著◉谷口博史訳◉一八〇〇円

2 ストイックなコメディアンたち——フローベール、ジョイス、ベケット
ヒュー・ケナー著◉富山英俊訳／高山宏解説◉一九〇〇円

3 ルネサンス哲学——付：イタリア紀行
ミルチア・エリアーデ著◉石井忠厚訳◉一八〇〇円

4 国民国家と経済政策
マックス・ウェーバー著◉田中真晴訳・解説◉一五〇〇円

5 国民革命幻想
上村忠男編訳◉一五〇〇円

6 ［新版］魯迅
竹内好著◉鵜飼哲解説◉二〇〇〇円

7 幻視のなかの政治
埴谷雄高著◉高橋順一解説◉二四〇〇円

［消費税別］

8 当世流行劇場——18世紀ヴェネツィア、絢爛たるバロック・オペラ制作のてんやわんやの舞台裏
ベネデット・マルチェッロ著◉小田切慎平・小野里香織訳◉一八〇〇円

9 〔新版〕澱河歌の周辺
安東次男著◉粟津則雄解説◉二八〇〇円

10 信仰と科学
アレクサンドル・ボグダーノフ著◉佐藤正則訳・解説◉二二〇〇円

11 ヴィーコの哲学
ベネデット・クローチェ著◉上村忠男編訳・解説◉二〇〇〇円

12 ホッブズの弁明／異端
トマス・ホッブズ著◉水田洋編訳・解説◉一八〇〇円

13 イギリス革命講義——クロムウェルの共和国
トマス・ヒル・グリーン著◉田中浩・佐野正子訳◉二二〇〇円

14 南欧怪談三題
ランペドゥーザ、A・フランス、メリメ著◉西本晃二編訳・解説◉一八〇〇円

15 音楽の詩学
イーゴリ・ストラヴィンスキー著◉笠羽映子訳・解説◉一八〇〇円

16 私の人生の年代記　ストラヴィンスキー自伝
イーゴリ・ストラヴィンスキー著◉笠羽映子訳・解説◉二二〇〇円

17 教育の人間学的考察【増補改訂版】
マルティヌス・J・ランゲフェルト著◉和田修二訳／皇紀夫解説◉二八〇〇円

18 ことばへの凝視――粟津則雄対談集
粟津則雄◉三浦雅士解説◉二四〇〇円

19 宿命
萩原朔太郎著◉粟津則雄解説◉二二〇〇円

20 イタリア版「マルクス主義の危機」論争――ラブリオーラ、クローチェ、ジェンティーレ、ソレル
上村忠男監修・解説◉イタリア思想史の会編訳◉三二〇〇円

21 海女の島　舳倉島〔新版〕
フォスコ・マライーニ著◉牧野文子訳◉岡田温司解説◉一八〇〇円

22 向井豊昭傑作集　飛ぶくしゃみ
向井豊昭著◉岡和田晃編・解説◉二二〇〇円

23 プロレタリアートの理論のために――マルクス主義批判論集
ジョルジュ・ソレル著◉上村忠男・竹下和亮・金山準訳◉二八〇〇円

24 精神の自己主張――ティリヒ＝クローナー往復書簡 1942-1964
フリードリヒ・ヴィルヘルム・グラーフ、アルフ・クリストファーセン編◉茂牧人・深井智朗・宮崎直美訳
◉二二〇〇円

25 ドイツ的大学論
フリードリヒ・シュライアマハー著◉深井智朗訳◉二二〇〇円

本書の関連書

［消費税別］

*哲学を回避するアメリカ知識人――プラグマティズムの系譜
コーネル・ウェスト著◉村山淳彦・堀智弘・権田建二訳◉五八〇〇円

*アメリカという記憶――ベトナム戦争、エイズ、記念碑的表象
マリア・スターケン著◉岩崎稔・杉山茂・千田有紀・高橋明史・平山陽洋訳◉三八〇〇円

*移動の時代――旅からディアスポラへ
カレン・カプラン著◉村山淳彦訳◉三五〇〇円

*私の宗教――ヘレン・ケラー、スウェーデンボルグを語る《決定版》
ヘレン・ケラー著◉高橋和夫・鳥田恵訳◉一八〇〇円

*エドガー・アラン・ポーの復讐
村山淳彦著◉二八〇〇円